文庫

文庫書下ろし

学校のぶたぶた

矢崎存《あり》美《み》

光　文　社

この作品は光文社文庫のために書下ろされました。

目次

プロローグ

伊豆美佐子《いずみさこ》は悩んでいた。

スクールカウンセリングへの申し込みが、思ったよりも少ない。

「どうしてかな……」

つい独《ひと》り言《ごと》が出る。

もしかして、名前のせいかも。四月からカウンセラーが新しい人になったのだが、名前がちょっと変わっている。「山崎《やまざき》ぶたぶた」というのだ。

多分ペンネームだと思う（こんな本名いないだろう）。カウンセラーの人は、本を出していたりもするから。今回の人は臨床心理士なのか、精神科医なのか——本を書いているなら、大学の先生かも。あっ、もしかして、主に小学校を担当していたのかな？

それなら、名前にひかれて相談に来る、というのはあるかもしれない。でも、この中学校では……どうなんだろう。

新しい人はさておき、昨年度までの相談実績が低いというのに、美佐子は少なからずショックを受けていた。生徒たちの問題やストレスは確実に増えているし、カウンセラーの存在も認識されているものと思ったのに。

相談がなければ問題はない、それでいい、というものでもない。問題が明らかになっている状態ならまだしも、一見何もない状態でカウンセリングを利用すると、何か勘《かん》ぐられるのではないかという声もある。問題が小さいうちに利用するのが普通だという雰囲気にはなっていないのだ。生徒だけではなく、保護者にももちろん利用してもらいたいのだが——やはり誤解や偏見ばかりが伝わっている可能性がある。

そうやって妙に憚《はばか》られると「実績がない」と判断されて、予算が削られたりする。たとえ件数が少なくても、いざという時のためにと制度を存続させてくれるのならばいい。ただ、そういう理屈で生き残るのははっきり言って無駄なものばかりで、本当に残しておかねばならない、たとえばこのカウンセリングとかはあっさりと切られる可能性が高そう——とつい思ってしまう。

本当に無駄なものと、無駄に見えるものの区別がつかない人は、けっこう多い。

——と偉そうに思っていることも、推測でしかないけど。今のところは、「どうやったらみんなが遠慮せずに利用してくれるんだろう」くらいしか考えられないが、名案はない。

利用が少ないんだったら、自分が利用しようかしら、と思うくらいだ。ただそれは、生徒に対する心理カウンセリングとは違う。話をじっくり聞き、抱えている問題や悩みを表に浮かび上がらせるのが心理カウンセリングで、教師や保護者に対しては心理コンサルテーションが行われる。具体的な対応策を一緒に考えてくれる——はず。いや、もう名前はなんでもいい。とにかく、話を聞いてほしいのだ。教師になって五年たつが、いまだに自信が持てない。去年からクラス担任もしているが、それもいっぱいいっぱいで——でも、誰にも気取《けど》られたくない。特に生徒には。

そして、今年はついにカウンセリング担当にもなってしまった。なんでこんなにたくさん仕事を抱え込まなければならないのか！——無理だな。時間が足りない。カウンセリングって、週一の数時間くらいだったりするし。

今年新しく就任した校長先生（けっこうお若い）には、

「君ならできますよ」

とニコニコして言われたが、教頭先生には、

「若い人にどんどんいろいろやってもらわないと」

と言われた。多分、意味はあまり変わらないんだろう。

そりゃ若さしかとりえがないかもだけど、人には向き不向きというものがあって――

とぶつぶつ思っていても、じゃあ向いているものはなんなのだ、と問われると、それにも首を傾《かし》げざるを得ないという……。

結局、自信の持てるところがいまだ見つからない、未熟な人間なのだ。

本当に本当に少なかったら、マジで自分が申し込むか、と思いながら、教頭先生へ報告に行く。

「今回の事前申し込みは、二件だけでした」

報告書を提出すると、彼は、

「ああ、そう」

とだけ言って、内容を見もしないで書類を無造作に置いた。関心のなさがありありと見てとれた。

「あの――もっと相談に来てもらうようにしないといけないと思うのですが」

このまま引き下がるのもくやしくて、ついそんなことを言ってしまう。

「そう？　少ないなら少ないでいいじゃない」

そのもっともな意見は、もう聞き飽《あ》きた。その先を考えた方がいいんじゃないか、ということなのだが……。

それとも、それは単なる思い込みなのだろうか。この、いまいち苦手な教頭にそういうことを言われているから、気になるだけ？

この人に何か提案しても、その後の経過はたいてい、反論などを受けつけない時期になってからの事後報告みたいなものなのだ。あるいは、「聞いておきます」と言われて、本当に聞くだけにされた、ということもあり……。

自分の危機感が思い過ごしならいい。そう思いながらもなんとなく釈然としないまま、美佐子は自分の机に戻った。

しばらくして、昇降口脇の事務室から電話がかかってくる。

「あのう……カウンセリングは伊豆先生が今回から担当ですよね？」

ベテラン事務員、藤田希恵《ふじたきえ》の声だ。

「はい、そうですけど？」

「カウンセラーの先生がお見えになったみたいなんですけど……こっちにいらしていただけますか？」

ん？　お見えになったみたい？　希恵はいつもテキパキとした口調なのに、なんだかはっきりしない。変だ。

「わかりました」

行ってみればわかるだろう。ちょっと気分も変えたかったし。

事務室をのぞくと、希恵の他には誰もいないようだった。

「失礼しますー」

と言って入室すると、希恵はすぐに机から立ち上がり、小走りでやってきた。彼女は四十代のちょっとふくよかな女性で、人当たりがとてもよく、頼りにされている人だ。

「伊豆先生、ちょっと」

希恵は、部屋のはじっこに美佐子をひっぱっていく。誰もいないのに？

「あの、スクールカウンセラーの先生が、応接コーナーにいらっしゃるんですけど——」

ああ、だからこんなすみっこで話をしているのか。

「今回、新しい方なんですね」

「あ、そうです」

「山崎……ぶたぶたさん？」

「はい。じゃあ、ご挨拶《あいさつ》してきますね」

「ちょっと待って！」

希恵が美佐子の腕をつかむ。

「すごく変わった人みたいなんだけど……」

「変わった人？」

「人っていうか、人じゃないっていうか――」

えっ、こんなことを言う人とは思わなかった。

「怖いこと言わないでくださいよ～」

カウンセラーさんに聞こえていないか気になってしまう。

「気をしっかり持ってね」

「？　わかりました」

美佐子が応接コーナーに行こうとすると、希恵もついてくる。あれ？　いや、別にいいんだけど、他にも仕事あるんじゃないかな？

「失礼します」

ひと声かけて、パーティションの中に入ると、そこには誰もおらず、ソファーの上にはぶたのぬいぐるみが置いてあった。バレーボールくらいの桜色のぬいぐるみで、手足の先には濃いピンク色の布が張ってある。黒ビーズの点目に、突き出た鼻、大きな耳は右側がそっくり返っている。とてもかわいらしいが、なぜこんなところに？

その時頭に浮かんだのは、母が昔見たという子供番組のことだった。出演していた子供が何かまずいことを言ったらしく、すぐに番組はＣＭに切り替わった。そしてＣＭあけにその子の姿はなく、代わりに熊のぬいぐるみが置いてあった——というもの。

なぜか、「逃げた⁉」とも思う。だって、いないし。困る。すごく困る。

「あ、はじめまして。伊豆先生ですか？」

その時、中年男性の声が聞こえた。

ふと気づくと、ぬいぐるみの体勢が変わっている。座っていたはずなのに、立ってこっちを向いているではないか！

今度は「呪いの人形」という言葉が浮かんだ。それにしてはラブリーだが。

「山崎ぶたぶたと申します。ソファーの上に立っていてすみません」

山崎ぶたぶた!? 声はそう言ったけど、どこにいるの、カウンセラーさん! 目の前のこの、いかにも「山崎ぶたぶた」という名がふさわしいぬいぐるみは別にして。その名が、カウンセラーさんと同じだというのはこの際無視して!

しかし、言ったとおりソファーに立ってるんだよなあ。

「名刺です」

ぬいぐるみの鼻がもくもくっと動いたかと思うと、手(?)の先に名刺がくっついて出てきた。うわっ、なんか鮮《あざ》やか! 手品みたい!

でも、

「どうぞよろしくお願いします」

そう言われて名刺が差し出されると、あわててポケットに入れてある名刺入れを取り出してしまう。とっさにそういう行動に出てしまうとは……社会人として誇るべきことなのか?

「よ、よろしくお願いいたします……」

これまた機械的に名刺を差し出す。受け取った名刺には、確かに「山崎ぶたぶた」という名前と、大学名が記されていた。えっ、大学の先生なの!? えっ、ぬいぐるみが?

人間の？　それともぬいぐるみ大学？

「あの、お茶です……」

すごく遠慮したような声が、後ろからかかった。希恵がお盆を持って、美佐子とぬいぐるみを見比べていた。

「あ、すみません……」

あわてて通路を空けると、希恵はお茶とお菓子を並べ、そそくさと出ていった。

「あの、お座りにならないんですか？」

そう言われて名刺をしまい、あわててぬいぐるみの向かい側に座る。すごく……小さい。視線がぐんと下がる。鼻の穴は穴ではなく、縫《ぬ》い目だった。点目と点目の間が離れている。ちゃんと見えているんだろうか。

「来週からのカウンセリングについての打ち合わせを――」

と言われて、さっきまでそのつもりでここへやってきたことを思い出した。一瞬記憶が飛んでいた。

「あっ、すみません、失礼しました！」

と、とりあえず仕事をしよう。それに集中しよう。

「予約はいかがですか？」

「それが、あんまり入ってなくて」

「それはある意味いいことではないですか？」

うわあ、ぬいぐるみからも言われちゃったよ。

「でも、何か問題が起こる前に、生徒に来てもらえるようにしないといけないと思いまして」

ついぬいぐるみ相手に力説してしまいたくなる。

渡した報告書にぬいぐるみは目を通し、

「昨年度までは、あまり成果がないようですね」

と言った。何が原因で成果が上がらないのか、というのはよくわからない。本当に問題がないわけじゃなく、むしろ割とある方なのだ。小さいひびでも、たくさんあったらいつか皿は割れてしまう。そういう不安、教頭先生にはないみたいだけど。

「前のカウンセラーの方とはお話ししました？」

「いえ、まだ」

去年までの担当の先生は転勤してしまって細かいことは聞けていないし、前任のカウ

ンセラーには連絡はしているのだが、

「連絡つきませんか？」

「お忙しいみたいです……」

「そうですか。僕からも連絡した方がいいかなあ」

そんな話をしていると、外から「あっ、今お客様が――」という希恵の声がして、なんだろうと思ったら、教頭がズカズカと応接コーナーに入ってきた。

ぬいぐるみはすぐに立ち上がり、

「教頭先生ですか――」

と言いかけたが、教頭は彼の姿にも声にも気づいていないのか、

「伊豆先生、新しいカウンセラーさんが今日来るんだよね？」

とぶっきらぼうに言い放った。

「あ、こちらが――」

「その人来たら、僕の方に連絡ちょうだい。僕から話すから」

「え？　どうしてでしょうか？」

「前の人のやり方を踏襲《とうしゅう》してほしいんでね。ご指導をしないと」

「はあ……」

美佐子は戸惑う。ぶたぶたに目を向けると、いつの間にかソファーに座り直していた。ただのぬいぐるみみたいに。

「やり方を変えてほしくないんですよ」

「あの、どのようなやり方か、わたしにも聞かせていただけると――」

「ああ、君は連絡だけ受け持ってくれればいいから。若いからね、全部はまかせられません」

確かにあたしは若いけど――なんとなくカチンと来た。なんでもどんどんやらせるんじゃなかったのか。それに、普段は楽しようとするばかりなのにわざわざ来るなんて、この教頭の態度はなんだろう。

「まだ来てないみたいだね？　なんて名前の人だっけ――」

そう言って、手にしたプリントに目を落とす。

「山崎――ぶたぶた？　変な名前の人だね。ふざけてるの？」

本人がいると知らないからこその発言だが、思ってても普通口にしないだろう。あるいはもっとマイルドな表現にするとか。「変わった名前だね」とか。

本人を目にすると、その名前以外ありえないとわかるのだが、教頭には見えていない。

「じゃあ、来たらよろしくね」

教頭はそう言って、せかせかと行ってしまった。テーブルにはお茶が二つ出ているのにも気づかずに。

ぶたぶたが、こちらを見上げた。

「気づかなかったみたいですね」

「はい……。教頭先生とは面識ないんですか？」

「ありません。今日ご挨拶しようと思ってました。何を僕に言おうとしたんですかね」

ぶたぶたは鼻をぷにぷに押しながら、そう言った。その仕草がとてもかわいらしい。それにしても変えてほしくないやり方ってなんなんだろうか。

「あのう」

外から希恵がのぞきこんでいた。

「前のカウンセラーさんは、担当の先生じゃなくて、いつも教頭先生と打ち合わせされてましたよ」

「そうなんですか？」

初耳だ。隠していたことなんだろうか？

「うーん、会うのがちょっと怖いですね。何言われるんだろう？」

ぶたぶたの目の上には、ぎゅっとシワができた。

「前のカウンセラーさんはご存じですか？」

名前を教えるが、

「いえ、面識ありません」

と首を振る。耳がパタパタする。

「藤田さん、教頭先生とそのカウンセラーさんが打ち合わせの時、何話していたか、聞いてます？」

希恵はちょっと考えたが、

「ごめんなさい、よく憶《おぼ》えていないんです。でも打ち合わせっていうか、お茶飲んでお菓子食べて、ゲラゲラ笑ってるだけって感じでしたよ」

教頭先生と同年代くらいの男性だったはずだが、何も話したことはなかったなあ。

「あの、けど実は……」

「なんですか？」

「前のカウンセラーさんって、わたしちょっと苦手でした」

希恵がためらいがちに打ち明ける。

「うちの子の通ってる学校に来てたカウンセラーさんと話し方が似てて。その人、全然役に立たなかったから」

「そうなんですか？」

希恵は我に返ったように口を押さえたが、すぐにまた話し始めた。

「うちの子、ちょっといじめられてたんですけど」

「まあ。それは大変でしたね」

「カウンセラーさんや担任の先生は全然頼りにならないから、結局親同士でやりあって……まあ、高校は別々になったから、時間切れみたいなうやむやな解決になったんですけど。受験に落ちたら、どうにかしてやろうかと思いましたよ」

物静かな希恵の顔が般若《はんにゃ》のようになって、ちょっと怖い。

「その時のカウンセラーさんの、なんか人当たりがいいように見えて、実はのらりくらりしてるだけみたいなところが似てるっていうかね……。本当はどんな人かはわかりませんよ。うちの子の件がなかったら、気にしなかったかもだし……。こういうのって当事者にならないと、わかりませんね」

「そうですね。利用しないに越したことはないとは思うんですが」

ぶたぶたは言う。

「でも、ちゃんとした人なら、利用した方がいいんだと思いませんか？」

希恵の言葉に、ぶたぶたはうなずく。

「そうですね。そのために僕のような者がいるんですし」

お、それは自信の表れだろうか。でも、その顔に癒《いや》しのオーラがあるのは確かだ。子供たちがこの……人に会ったら、どんな顔になるのか、見てみたい。

「でも、教頭先生に言ったら、どうなるんでしょうか？」

せっかくのこの癒しオーラが台無しになったら元も子もない。

「うーん……ちょっと調べてみますよ。相談実績が少なすぎるっていうのも気になりますからね。あまり口出しされて、やりづらくなるのも困りますし」

「あの教頭先生が、何も言わないなんて信じられない……」

口を出す時は、文句や嫌味も混ぜるというタイプなのだ。

「何も言われないようにすればいいじゃないですか」

希恵が突然、思いついたように言う。

「どういうことですか？」

「教頭先生がこの新しいカウンセラーさんに会ったら、どうすると思います？　伊豆先生」

「――つまみ出してしまうかも」

はっと口を押さえる。

「ご、ごめんなさい……！」

「いやいや。僕もそう思いますよ。あとすごく怒られそう」

「そうでしょう？　『別の人に変えろ！』とかって言いそうじゃないですか。わたし、それはもったいないと思うわ。なんか話しやすいですもん。最初はびっくりするけど」

それは確かに。

「わたしの子供の学校もそうだったけど、カウンセラーさんに相談するのをどうも知られたくないみたいな雰囲気があるんですよね」

「あー、そういう声、ありました」

「この人となら、誰かに見られても、まさか面談してるなんて見られないじゃないですか！」

「あ、そうか。バレなければ相談したいって人がいるってことですもんね」

ただ、独り言言ってるって思われるかもだけど。

「わたし、協力しますよ。ぬいぐるみさんですから、いざとなったら隠れるのも楽じゃないですか！　ついでに、教頭先生にもバレないようにしましょう。めんどくさそうだから」

ひどい言い草だが、思わず納得してしまった。今のところ、この学校で彼の存在を知っているのは、美佐子と希恵だけっぽい。教頭を間に挟む必要なんか、元々ないんだよな——。

「わかりました」

っていうか、カウンセラーさんをないがしろにしてはいけない。

「いかがでしょうか、山崎先生」

「その方がやりやすそうですね」

彼は、そう言ってちょっと笑ったように見えた。点目なのに、なんて表情豊かなんだろう！

誰にも知られず

森橋《もりはし》さおりは、悩んでいた。

というより、最近いつもモヤモヤしていた。考えすぎだろう、と自分に言い聞かせもしたが、なかなかその気持ちは消えなかった。しばらくすると消えてしまう悩みごとも多いのに。

「悩みがあったら、スクールカウンセラーに相談するといい」

と去年——中学に入学した時、担任の先生が言っていたのを思い出す。

でも、自分は果たして本当に悩んでいるのだろうか。

いや、悩んでいるにしても——カウンセラーなんて、しょせん知らないおじさんおばさんではないか。そんな人に相談なんて、しづらい。

それに小学校の頃、隣のクラスの子が相談したのはいいが、それをネタにからかわれたというか、妙な噂が立ったりしたことがあって、どうもいい印象がない。相談したことが解決したかどうかもわからない。

でも、ちゃんとした人なら相談したいな、とさおりは思っていた。相談というか……話だけでも聞いてもらいたい。自分のことがよくわからないから。よく言う「自分を見つめる」ってどんなことだろう。「己を知る」ってどうすればいいんだろう。

ただ、だから今不安というわけではなく、このままでは将来がダメになるのでは、という漠然《ばくぜん》とした思いがあった。親にも「どうしてあんたはそんなにぼんやりしてるの！」とよく言われる。

ぼんやりしたくてぼんやりしているわけではなく、気がつくとぼんやりしているのだ。と言おうと思っても、いつもタイミングを逸《いっ》する。「タイミングを逸する」ってかっこいい言葉だな。

……こんなんだから、いつも母に怒られるんだな。

もっとうまく自分の気持ちを言えればいいんだけど。うまく言える人がうらやましい。あとから「あー、ああ言えばよかったんだ！」と気づいてくやしい思いばかり。

まあ、それもすぐに忘れてしまうことなんだけど、今回はモヤモヤが長く続いている。自分の言いたいことを、うまくまとめてくれる人っていないのかな。そんなの、超能力者じゃなきゃ無理か。

友だちの菜々子《ななこ》にここまで説明するのにも、ものすごく時間がかかった。お弁当を食べながらだから、しょうがないけど。

「あ」

突然、菜々子が目を輝かす。

「今あたし、すごく賢いこと思いついた」

「何それ」

「そういうのって、『言語化《げんごか》』って言うんだよ」

「そうなの？」

「多分」

少し自信なさげになった。

「でもっ、カウンセラーって人は、そういうことがうまい人なんじゃないの？」

「そういうこと？」

「だからー、さおりの言いたいことをうまくまとめてくれる人っていうかね？」

「超能力者でもなくて？」

そんなことできるとは、とても信じられない。

「うちは、お母さんがそんな感じだよ。なんかわざわざ言わなくてもいいことも言うから、腹が立つけど」

「ふーん、なんかすごいね」

うちの母親とは違うなー。どこが違うかはわからないけど、違うと思う。

「そういう人と話すのって、どうなんだろう？」

「試してみれば？」

「何を？」

「スクールカウンセラーに話してみれば？」

「えぇーっ。でもさー、やっぱ知らない人に話すのってさー」

「知らない人でもわかってくれるのがプロなんじゃない？　わかってくれなかったら、それまでの人でしょ？」

なるほど。

「どんな悩みでもいいっていうんだし」

そんなふうにプリントには書いてあったけど。

「でも、みんなに知られるとやだなあ」

本当は悩みなんてないようなものだし。

「それもそうだよねえ……」

菜々子もそれには同調する。

「誰にも知られないように相談するのは、学校じゃ難しいよね」

「ねー」

「そんなことないよ！」

突然の声に飛び上がった。さおりと菜々子の間に、にょきっと顔が入り込んでくる。

「わたしにまかせて！」

人が少なくなったランチルームで食べていたので、誰にも聞かれていないと思ってたのに！

横を向くと、あまりなじみのない先生がいた。名前は――伊豆先生。そうだ、カウンセリング担当だったはず。

「伊豆先生……」

「誰にも知られずカウンセラーの先生と会うこと、できるよ！」

彼女はそう言って、にっこり笑う。

「え、別にいいですけど……」

「いやいや、遠慮しないで」

さおりは伊豆先生にガシッと肩をつかまれる。

「明日なんてどう？」

「え、そんな――」

急に言われても。

「お昼休みか放課後、予定はある？」

「いや、別にないですけど」

「じゃあ、どっちがいい？　お昼休みと放課後、どっち？」

「え、お、お昼休みかな……」

早く帰りたいから。

「じゃあ、中庭のベンチで待ってて」

「えー？　目立つじゃないですか！」

中庭では他にも生徒がお弁当を食べているし、そんな大人の人と話していたら、一発でバレるではないか！

「大丈夫、絶対にバレないから」

伊豆先生は、なぜか自信満々のようだった。

次の日のお昼休み、言われたとおりに中庭のベンチに座る。雨だったらどうすればよかったか、聞くの忘れた。晴れているから、別にいいけど。

「あたしがいるとまずいかな」と菜々子は遠慮してしまった。一人でお昼休みを過ごすのに慣れてなくて、妙に緊張してしまう。

待っていると食べそこねてしまうかもしれないから、お弁当を食べ始める。今日のメインメニューは、お父さんの実家からもらったエビで作ったエビのチリソース。おいしい。めっちゃおいしい。昨日はエビフライを食べた。それもおいしかったが、さおりはエビチリの方が好きだ。それもなぜか、冷めている方が。

エビチリを味わって食べていると、隣にぽすっと何かが落ちたような音が聞こえた。

あれ、なんだろう、ともぐもぐしながら横を向くと、ベンチの上にぶたのぬいぐるみが座っていた。

バレーボールくらいの大きさの桜色のぬいぐるみだった。突き出た鼻に、大きな耳の右側はそっくり返っていた。黒ビーズの点目に、ちょこんと結ばれたしっぽ。手足の先には濃いピンク色の布が張ってあった。

そして、胸には青い布にくるまれた包みを抱えている。

そのぬいぐるみの様子があまりにもかわいかったので、

「あ、かわいー」

自然と声が出た。するとぬいぐるみがくるっとこっちを向く。

「ありがとう」

「ひっ」

今度は変な声が出た。

「森橋さおりさんですか？」

いきなりこっちの名前を言われる。何？ っていうか、どこから？ おじさんの声だけど。

「わたし、スクールカウンセラーの山崎ぶたぶたです」

えっ、カウンセラーさん⁉ どこ⁉

さおりはキョロキョロと見回したが、生徒が少し離れたところにちらほらといるだけで、中年男性の姿はない。

「ここです。隣のぬいぐるみですよ」

ははは、そんなバカな。さおりはつい笑いそうになる。でも、どう見直しても、おじさんの姿なんてどこにもないのだ。

「伊豆先生から聞いてない？　誰にも知られないで相談したいんでしょ？」

伊豆先生！　その名を聞いて、「まかせて！」と言っていたドヤ顔が浮かぶ。

「あれ、人違いかな？」

「い、いえ、そうじゃないです……けど」

とっさに「人違いです」と言えるほど機転がきかない。というより、そうたずねたぬいぐるみの顔が、なんだかすごく焦《あせ》っているように見えたのだ。

「よかったー。カウンセリングに抵抗ある人多いみたいなのに、人違いしてちゃ元も子もないよね」

目に見えてほっとしているようだった。どうしてぬいぐるみなのに、そんなことが伝わってくるんだろう。

さおりはとても混乱していたが、これなら確かに誰にも知られないで話ができるかも、と思った。ぬいぐるみが隣に置いてあるだけにしか見えない！

一方で「そんなバカな」とも思う。マイクとカメラが仕込んである精巧《せいこう》なロボットかも、とも。カウンセラーさんがどこかから遠隔《えんかく》操作しながらしゃべってる可能性もありそう。

――が、そんな予算って、今の教育現場にあるのか、と考えると、首を傾げるしかない。私立の中学に行っている小学校時代の友だちから「学校で生徒一人一人にタブレットが配られた」と聞いて、超びっくりしたくらいだ。買わされたんじゃなくて、ただでくれたんだって！

まあ、その子の家はとてもお金持ちだから、学校もお金があるわけで――この公立の中学に、そんなお金はあるのか？　いや、ない。なさそう。学校の経営のことなんか何も知らないから、さおりの想像でしかないけど。

ん、待てよ？　それじゃ、このぬいぐるみが本当にしゃべってるってことになっちゃう！

「混乱しているようだね」

ぬいぐるみが困ったような顔になる。

「なんで困った顔してるの？」

思わず訊《き》いてしまう。

「実際、困ってるからね」

「ぬいぐるみなのに!?」

「それも困る質問だね」

目と目の間に、ぎゅぎゅーっとシワができる。

「本当にカウンセラーなの？」

「そうですよ」

「冗談？　夢？」

「いや、現実です」

このぬいぐるみが本当にカウンセラーだった場合、こういう会話を必ずするってことだよね？　無駄な時間ではないのだろうか。

それに、自分のことを話す気もなくならない？　今のあたしみたいに。

「やりにくくない？」

「どうだろうね。普通の人みたいにはならないっていうのはわかってるから、かえって予測はつけやすいかもね」

え、なんだか答えが面白い。

「みんなしゃべってくれるの？」

「割とね。ダメな人は最後までダメだよ。っていうか、しゃべる前に逃げるね」

しゃべるしゃべらない以前の問題だった……。

「びっくりした状態で話すと、つい本音が出る人も多いみたいだよ」

「そんな種明かししてもいいの？」

「しゃべってもらうためには、こっちもしゃべらないと。こっちとしては普通のことを話してるだけだから」

こっちとしては、ね……。ぬいぐるみでない人からすると、どれも普通じゃないことだろうけど。

「お弁当食べながらしゃべろうか」

あっ、すっかり食べるのを忘れていた。

「僕もいただきます」

そう言いながら、ぬいぐるみは胸に抱えていた包みを開けた。中にはお弁当箱が入っていた。

「お弁当食べるの⁉」

「食べるよ」

ふたを開けると、一瞬サンドイッチが並んでいるのかと思ったのだが、よく見るとそれは今流行《はや》りのものだった。

「おにぎらずだ！」

一度やってみたいと思っていた。

「今朝は時間がなかったから、簡単なお弁当にしたの」

「やっぱり簡単なの？」

「うん。具はごはんに合いそうならなんでもいいし、少し水気があっても海苔《のり》で包んで切らなければ漏《も》れにくいし」

「へー。誰に作ってもらったの」

「自分で作ったよ」

「えっ⁉　どうやって⁉」

「海苔の上にごはんと具を重ねて巻くだけ」

そういうことじゃなくて……。

「これはハムとチーズでしょ。これはきんぴらごぼう。これは鶏サラダの残り。全部ありあわせだよ」

説明が終わるとぬいぐるみは、おにぎらずをぱくぱく食べ始めた。鼻の下の方に押しつけると、一口分ざっくり減る。口が開いたところは見えない。でも、ほっぺたのあたりがふくらんで、もごもごと動いている……。そして、ごっくんと飲み込む感じも見える。食べてる？　吸収している？　口のあるべきところが、何かこう——異次元につながっている？

「森橋さんも食べて」

「は、はあ……」

「お茶飲む？」

いつの間にか水筒も取り出している。さおりは大いにうろたえた。食べ物よりも飲み物の方が衝撃的だった。だって、濡れるじゃん！

「あ、あります……」

ぬいぐるみはうなずくと、水筒のふたをポンッと開けた。ストローつきの飲み口から、ちゅーっと茶色い液体をすすっている。多分麦茶だろうけど、さおりにはなぜかオイルをすすっているようにも思えた。

さおりは軽く頭を振ってその考えを追い出し、自分の水筒からお茶を飲む。そして、お弁当の残りを食べた。

「お弁当はお母さんが作ってくれるの？」

「あ、作ってくれる時もあります」

「自分でも作るんだ」

「今日は作りました」

辛《から》いものが家族みんな苦手なので。

「詰め方もきれいだよね。おいしそう」

「あ、ありがとう……」

ちょっとうれしい。

食べている間は、食べ物の話や料理の話ばかりした。初対面なのにけっこう話せたのは、やっぱり相手がぬいぐるみだからだろうか。本人（？）がかわいくてつい見つめてしまうし、人間の目と違うから、緊張しない。猫とか犬とか小動物のけなげさもある。

動物はずっと見続けてはくれないけど、彼（だよね。声がおじさんだから）がじっと見てくれていると、安心感が湧《わ》く。

しかし、少し突っ込んだ話になってくると、たちまち口が重くなった。

「しゃべるのは元々苦手ですか？」

「ううん、おしゃべりだよ。でも、自分の気持ちをちゃんと説明できないの」

無駄なことばかりしゃべっている気がする。最近まであまり気にしていなかったけど。

「本とかの感想もうまく言えない」

だから、感想文も苦手だ。本自体が面白くてもつまらなくても。

「自分の気持ちをちゃんと言えないと困る場面がある？」

そう訊かれて、さおりは考える。

「……そんなにないかも」

特に困ったことはなかった。これで悩みごとは終了？

「それでも、悩みはあるってことだね？」

その質問にも、さおりは考える。悩みというか……。

「やっぱり、モヤモヤはしてます」

「モヤモヤね。どういう時にする？」

あ、なんか診察みたいー。でも、何もメモってないけど、憶えていられるんだろうか。

などと考えていたら、はっと気づいた。

「新学期になってから、特にそうかも」

そろそろ六月になろうとしているから、二ヶ月くらい。

「新学期。環境が変わって、まだ慣れてないのかな？」

「でも、仲のいい友だちとはまたクラスが一緒だし……変な子はいないみたいだし……そんなに違いはない気がする」

けどモヤモヤするから、鈍《にぶ》い自分でも気がついたのかな？

「ふんふん、なるほど」

そこで驚いたことに、予鈴《よれい》が鳴った。もうそんなに時間がたっていたのか。あと五分で五時間目が始まる。

「どうかな。できたら明日もここで話したいんだけど？」

「あ、いいですよ」

さおりは快《こころよ》く返事をする。面白かったから。

「じゃあ、また明日」

「はい」

ぬいぐるみ——確か名前は山崎ぶたぶた——は、お弁当の包みを抱えて、ぴょんとベンチから飛び降り、繁《しげ》みの中にささっと消えていった。その様子は、まるで妖精のようで——しばらくさおりは、現実に戻れなかった。

教室に帰ると、さっそく菜々子が話しかけてくる。

「どうだった!?」

「カウンセラーさんと話したよ」

「えっ、どんな人だったの?」

「えーと、おじさんだった」

声はまさにそうだった。

「えっ、そんな人と中庭で会ったの!? 他に人いた?」

「いたよ」

ベンチに座ってお弁当を食べている生徒もいたけど、その人たちは気がついていなかったはず。離れているから、話も聞かれていないだろう。

「それで誰にも知られないで話ってできたわけ？」

「一応できた……と思う」

「どういうこと？」

「うーん、なんか特殊な人なんだよね、カウンセラーさん」

「ま、まさか……！」

菜々子が大げさに後ずさる。

「何？」

「カウンセラーさんって透明人間⁉」

ぶほっとさおりは吹き出す。

「違う、違うけど、そんなようなものかな」

「ええーっ、わかんない！　まさかほんとに超能力者⁉」

「カウンセリングが終わったら、くわしく話してあげるよ」

「わかった……楽しみにしてる」

菜々子の真剣な顔が、ちょっとおかしかった。

家に帰ると、まだ誰もいなかった。

父は毎日遅くまで仕事をしている。母は最近、伯母《おば》が開いたジュエリーショップを手伝い始めた。その店は、母の実家の日本家屋《かおく》を改装して作ったものなので、小学生の妹と弟は学校が終わると店の裏で祖母とともに過ごしている。家には母と一緒に帰ってくるのだ。

さおりは宿題をしてから、お風呂掃除をして、夕食の下ごしらえをする。冷蔵庫をチェックして、明日買っておくべきものをメモった。

そのうち、母と妹弟が帰宅する。

「ただいまー、あー、疲れたー」

はあーっと大きなため息をついて、母はドサリとソファーに腰をおろした。

「おかえり。伯母ちゃんの店忙しいの？」

「忙しいよー、この間のテレビのあとから、お客さんがいっぱいになっちゃって」

「そうなの!?」

朝番組でほんの数十秒紹介されただけなのに！　伯母のデザインはとても評判がいい

ので、知る人ぞ知る店ではあったのだが。

「すごいよね、テレビって。今日もクタクタだよー」

「お姉ちゃん、お腹《なか》減った！」

と弟がせっつく。

「じゃあ、夕飯食べようか」

さおりの用意した夕食を四人で食べる。母も時間のある時は家事や料理をするけれど、最近とにかく疲れているようだった。

でも、なんだか楽しそうに働いている。伯母の作るジュエリーはとても美しいし、さおりも大好きだ。

母は夕食を食べると、妹たちとお風呂に入ってしまった。さおりは一人で居間でテレビを見る。

お父さん、もっと早く帰ってこないかな、と唐突《とうとつ》に思った。そしたら、なんだか胸がモヤモヤし始めた。

「あっ！」

これまた唐突に思い出した。

『カウンセリングを受けたことを、親に言うべきか』と。

机に突っ込んでおいた案内のプリントをよく読むと、親に内緒でもかまわないらしい。それでもさおりは迷った。あんまり秘密を持ったことがなかったからだ。

え？　本当に持ったことがない？

そんな声が頭の中に響いた。

自分でも気づかないうちに秘密を持っていることなんて、あるんだろうか。これもまた、自分のことがわからないからなんだろうか？

これもぶたぶたに相談した方がいいのかな……？

結局、その夜は何も言わずに寝てしまった。

次の日のお昼も、ぶたぶたとお弁当を食べた。

食べながら、ぽつぽつと話す。主に質問に答えるという形だ。昨日考えたことは、やっぱりうまく言えそうにない。

「新学期になってから、どの辺が一番変わったと思う？」

「うーん……やっぱり先生かなあ」

担任の青木《あおき》先生はすごい美人なのだ。背が高くて、スタイルもいい。音楽の先生なので、ピアノも歌もものすごくうまい。かっこいい女性なのだ。当然人気がある。男子からも女子からも。

「結婚もしてて、お子さんもいて、旦那《だんな》さんとも仲がよくて、すごいなあって」

みんなのあこがれの先生が担任になって、ちょっとテンションが上がった。

「そうなんだ。それはよかったね」

「……そうですね」

「ん？　うれしくないのかな？」

ぬいぐるみなのに、少しのためらいも逃《のが》さない。

「うれしいっていうか……」

うれしいっていうのとはちょっと違う——と思ったら、胸の中がモヤモヤしてきた。

え、何これ？　まさかこれが原因？

でも先生、別に何もしてない。いじわるされたわけじゃないし……。

「その先生のこと、好き？」

「好きかって言われると……うーん……」

さおりはしばらく考えた。あこがれというのは、「みんなの」であって、「自分の」じゃないな、と気づく。きれいだしすごいし、授業も面白い。だが一度、こんなことを言われた。

「ふざけないで」

別にふざけたわけではない。授業で当てられたさおりが、ちょっと的《まと》はずれな答えを言ってしまっただけだ。自分としては真面目な答えのつもりだったのだが、青木先生の求めていた答えではなかったらしい。

そう言った時の顔が、怖かった。そんなことを言う先生ではないと思っていたし。

でも、それは一瞬だけで、

「もう〜、天然なんだからあ」

とにっこり言って、クラスの笑いを誘っていた。

「その顔だけは、好きじゃない」

そうぶたぶたに話してみた。たまたまだし、別に悪口じゃないからいいかなって。

「なるほどー」

　そう言ってぶたぶたは、鼻の先をぷにぷにに押した。かわいい。

「ところで、今日のお弁当、なかなか減らないね」

「あ……おかずが好きなのじゃなくて」

　さおりは牛肉の匂《にお》いが苦手なのだが、今日のおかずには入っている。今日のは母が作ってくれたものだから。

「お母さんは苦手を克服してほしいのかもね」

「そうですね……」

　合挽肉《あいびきにく》なら食べられるんだけど、ハンバーグが母のお弁当のおかずになることはめったにない。母はハンバーグがあまり好きじゃないのだ。

「じゃあ、おかずを取り替えっこしようか」

「え、そんな……」

「好きなのどうぞ」

「えっと……じゃあ、このハンバーグ？」

「これは、鶏肉のつくね。海苔に載《の》せて焼いたの」

「おいしそう」

サイコロステーキと鶏のつくねを交換して、お弁当を完食した。海苔つくねにはちょっとだけ七味がかかっていて、とてもおいしかった。

「これあたしにも作れるかな？」

「簡単だよ」

ぶたぶたはレシピを教えてくれる。

「ありがとう。今度作ってみる」

「料理好きなの？」

「けっこう好きです」

「お母さんに習ったの？」

「少し。でも、レシピ集見るの好きだから」

ネットとかで新しいのを見かけると、けっこう試してみたくなる。

「料理はいいよね。おいしいもの食べると元気出るし」

「ぶたぶたさんも好きなの？」

「うん。好きっていうか、やっぱり食いしんぼだからね」

この身体《からだ》で？　と思うと笑えてしょうがない。でも、今日のお弁当もおいしそうだった。ほうれん草の入った玉子焼き、鶏のつくね、じゃがいもとベーコンの炒《いた》めもの。すきまにプチトマトとブロッコリー。

「すきまに赤と緑を入れると、なんとなく様《さま》になるよね」

と大真面目な顔で言うものだから（それがわかるのもおかしくて）、ついにさおりは吹き出してしまった。

面談自体はそんな感じで楽しかったのだが、家に帰ってから後悔した。あの話が青木先生に伝わったら、どう思われてしまうんだろう。それを考えるとそわそわしてきた。

実はさおりは、先生と仲のいい子をうらやましいと思っていた。友だちはけっこういるけれども、昔から先生に積極的にからむことがなく、むしろ避《さ》ける方であったにもかかわらず、だ。

クラスの何人かは、青木先生ととても仲がいい。もう名前を呼び捨てされたりしていて、みんなで楽しくおしゃべりしている姿を見ると、なんだか胸がキュンとするのだ。あたしもあの輪の中に入りたい。ああいう人気者の先生に笑いかけてもらいたい、と思う気持ちが、なぜかあるのだ。

モヤモヤは、お風呂に入っても解消できなかった。いつもはかなり楽になるのに。

「さおり」

台所で麦茶を飲んでいたら、母が待っていたように声をかけてきた。いつもこの時間は、妹たちを寝かしつけているのに。

「何？」

「今日、お店で担任の先生に会ったよ」

「青木先生？」

「そう」

「テレビを見て来たの？」

「前からたまに来てたみたい。だけど、会ったのは初めてだったわ。挨拶したら、伯母ちゃんに間違えられちゃったよ」

「ふーん、そうなんだ」

伯母のジュエリーは大胆なデザインで、とてもきれいだけどつける人を選ぶ――と、母が言っていた。さおりにはよくわからない。けど青木先生なら、美人だから似合うかも。今度、そんな話をすればいいのかな。

「さおり」

「何？」

「先生に、何か言われた？」

「え？　何も言われてないよ」

むしろ言われないから悩んでいるのかもしれないのに。母は、やっぱりあたしのことをわかってくれていないんだろうか。

「そう。それならいいわ」

さおりは麦茶を飲み干して、二階の自室へ戻った。

次の日、ぶたぶたに昨日の気持ちと、母との会話を話した。

「先生ともっと接したいんだね」

「うん、まあ、そうなのかな……」

相変わらずうまく説明できないけど。

「自分から話しかけてみたら？」

って以降やっていない。

実は何度かやってみたのだが、どうも他の子のように話が弾《はず》まない気がして、以降やっていない。

「そうかー」

「それに、先生のことあんなふうに言っちゃったあとだから、なんだか話しにくい……」

「そんなに後悔しなくていいんだよ。君は思ったことをただ言っただけだし、そんなことを言ったなんて僕は言わないよ」

「伊豆先生は？」

「伊豆先生には、相談の内容は言わないから。担任の先生は、場合によっては一緒に考えてもらわないといけないけど、今回のは言う必要ないと思う」

ちょっとほっとする。

「でも、カウンセリングを受けているっていうのは、言うよ」

「そうなの……？」

「伊豆先生がもう伝えているとは思うけどね。でも、君から青木先生に内容を言わなくてもいいんだよ。その人の個人的な問題の場合もあるし、ちょっと話して楽になって、すぐに忘れられる悩みもあるからね」

　ぶたぶたはにっこり笑って、水筒からお茶を飲んだ。今日の水筒は広口のものなので、鼻の先が少し濡れた。

「それに、担任の先生に本当に問題がある場合もあるし」

「あ、そういうのあるみたいですね……」

　いじめを先導する先生がいるとかって聞くと、怖くてたまらない。

「森橋さん」

　名前を呼ばれて、さおりは顔を上げる。え、なんと、青木先生だ。にこにこしながら近寄ってくる。

「こんなところで一人でお弁当食べてるの？」

「あ、ええと、はい……」

　一人じゃないけど、ぶたぶたのことは言わない方がいい気がした。青木先生はぶたぶたにちらっと目を向けたが、特に何も言わなかった。

「座ってもいい？」

「あ、はい」

ぶたぶたの方に身体を寄せて、彼女が座れる場所を作る。先生は優雅《ゆうが》に腰掛けて、足を組む。ふわっといい香りがした。

「聞いたよ。カウンセリングしてもらってるんだって？」

さおりは飲んでいた水筒のお茶を吹き出しそうになる。今まさにしている、とは言えない。いや、やっぱり言った方がいいのか？　でもこの面談自体、「誰にも知られないように」ということでやってるわけだし……。

必要なら、ぶたぶたが自分で言うはずだ。うん、そうだ。

「はい」

それだけ答える。

「少しは気が楽になった？」

さおりは考える。ぶたぶたと話している間は、楽になるというより楽しかった。彼がいったいどんなこと言うんだろう、と想像するとワクワクする。生返事《なまへんじ》じゃなくて、いろいろ考えて話さないともったいないと思ってしまう。

そういう点では、すごくいい時間を過ごしていたから、

「はい」

と答えた。

「よかった。でも、先生には話してくれないの？」

「あ、えーと……」

助けを求めるように、ぶたぶたを見てしまう。ぶたぶた、動かず。ぬいぐるみのふりしてるなんて！　ぬいぐるみだけど！

「あの……もっと頭の中でまとまったら……」

なんか違うような気がするが、ごまかしたというより、それがけっこう正直な気持ちだった。

「そう。じゃあ、先生待ってる」

「はい、すみません……」

「謝《あやま》らなくていいのよー」

にこにこして青木先生は言う。うわ、女優さんみたいにきれいだなー……。

「ところで、昨日お母さんに会ったの」

「あ、母も言ってました」

「そう！　憶えててくれた？　うれしい、よろしく言っておいてねー」

青木先生は本当にうれしそうだった。

「お母さんのジュエリーって、ほんとにすてきだよね」

あ、あれは伯母のデザインで、母は経理と接客を手伝っているんだけど……まあ、伯母も母同然というくらい仲がいいから、

「はい」

と答えた。

「内覧会とか、そういうのあるのかしら？」

「ない、ないらんかい？」

なんだろう、それ。

「知らない？　特別なお客様を招いて、新作を見せたりするやつよ」

そうなんだー。でも、

「知らないです……」

「そうよね。まだ中学生だもんね。知らないよねー」

あはは、と先生は笑った。

「いや、そういうのあるなら、ちょっと見たいなーと思って」

「あ、どうなんでしょうね。今度訊いてみます」

「ほんと！　ありがとう！」

キラッキラな笑顔を見せる。まぶしいくらいだ。

「じゃあそろそろ教室に戻りなさいね」

青木先生はそう言って、中庭から去っていった。

「先生と話せたね」

後ろ姿が見えなくなってから、ぶたぶたが声を出した。

「はあ、こんなに長くしゃべったの初めて」

「楽しかった？」

「楽しいというか……なんか緊張した」

「お母さんのこと、誤解したままだったね」

「そうだね。けどまあ、顔も似てるし」

先生は伯母に会ったこと、あるのかな？　テレビには出なかったんだよなー。

「今日先生と話したこと、お母さんに言ってみたら？」

「あ、うん、話してみます」

内覧会のことも訊かないと。

「それから、お母さんは君のこと、ちゃんとわかってると思うよ」

「え？」

気持ちを見透《みす》かされたように感じて、驚いてしまう。やっぱり人の心の中がわかるんじゃないだろうか……。

「今まで言えなかったこと、なんでもいいから言ってみたら？」

それって……そんなもの、あっただろうか？


その夜、母に先生との会話を話した。

「ははあ〜、内覧会——」

「そういうのってあるの？」

「ないよ。伯母ちゃんに今そんな余力《よりょく》ない。作ったら店に出して売るだけだよ。あ、でも、身内や友だちに作ってあげるようなものはあるよね」

伯母は、さおりの成人式の時にかんざしとピアス（穴開けてないけど）を作ってくれると言っていた。伯母の家は男の子だけだから、楽しみにしているらしい。

「でもそういうのって、本当に親しい人にしかしないよね」

その言葉に、さおりはひっかかった。

「先生は、伯母ちゃんと友だちになりたいの？」

「なりたいんじゃない？」

伯母ちゃんと？

あたしじゃなくて？

いや、あたしだって先生と友だちになろうなんて、思ってなかったけど……。ちょっと話したいだけだった。人気者の先生に、気にかけてもらいたかった。

なんか突然、モヤモヤではなくどんよりとしてきた。

「どうしたの⁉」

なぜ母があわてているのかと思ったら、さおりはポロポロ涙をこぼしていた。

「わかんない……」

「何よ、どうしたのよ」

母はさおりをぎゅっと抱きしめてくれた。久しぶりに、子供のように母にすがって泣いた。昔はいつもこうしてくれたのに。

「泣くことないじゃない——なんで泣いてるの？」

「先生は、伯母ちゃんと友だちになりたかったんだね……」

あたしじゃなくて——と言いそうになって、やっと気づく。あたしだって先生じゃなかった。

母に振り向いてほしかったんだと。

でも、母に対してはあきらめかけていたのだ。伯母の店の手伝い、小さな妹弟の世話や家事、忙しすぎる父——中学生になったら、自分でいろいろしなきゃ、と思って、実際にやっていた。たまに作ってくれるお弁当に嫌いな牛肉が入っていても、文句が言えなかった。

「あたしは、淋《さび》しかっただけなの……？」

独り言のように言ってしまう。

しばらくして、母が答えた。

「ごめんね、さおちゃんが優しいからって甘えてたね」

そんなふうに呼ばれるのって久しぶりだった。

「いつもごはん作ったり、買い物してくれて、ありがとね」

それだけで、すっとさおりのモヤモヤが晴れていった。

それからは特に変わっていない。

青木先生からの接触が多くなったわけではなかった。以前よりは話しかけてくれるようになったかもしれないが、あれから少し警戒してしまう。

それより気になったのは、前はよく休み時間などに生徒が青木先生の周りに集まってわいわいやっていたのが、少なくなったことだ。

その疑問を菜々子に言ってみた。久々に一緒にお弁当を食べた時に。中庭で。

「あー、なんかひいきがバレたみたいだよね」

とあっさり言われて、仰天《ぎょうてん》してしまう。

「何それ!?」

「あれ、わかってなかった？　あの先生、ひいきするんで有名じゃん」

そんなの初めて聞いた！

「あんたは人の悪意に気づかないからねえ。そこがいいんだけど、あたしは心配だよ」

菜々子がわざとらしくため息をつく。あたしってそういう子なんだ……。

「人気者だと思ってた……」

「そりゃそうだよ、ひいきしてる子にはね」

「あ、そうか……」

優しくされている方は、そんなこと気づかない。

「どんな子がひいきされてたの？」

「えーとねえ、わかりやすいのはお金持ちの家の子ね。岡本《おかもと》くんっているじゃん？」

「うん」

「あの子の家って何？」

「おっきな皮膚科」

アレルギー治療ですごく有名なところだ。

「そういう家の子だよね。あとは、〝ごぶし〟の娘とかさ」

あー……よくテレビに取り上げられる料亭の子だ。今は別のクラスだけど、去年は青木先生のクラスだったかも。

「ひいきされてる子は『ひいき』って気づかないし、まあ別に他の子にもそう実害はないからみんな生温かく見てたんじゃない？　でも、なんでおとなしくなったんだろうね？」

「どうしよう、あたしのせいかも……」

「えっ、どうして？」

「えーと……」

あっ、まずぶたぶたのことを言わないとダメか。

「あのね、カウンセリングの先生がぶたのぬいぐるみだったのね」

「はあっ⁉」

菜々子の声に、周りが振り向く。

「しーっ」

やっぱり大っぴらには言わない方がいいよね？

「あっ、ごめん。でも何⁉　どういうこと⁉」

「だから、カウンセリングの山崎先生と一緒にいたら青木先生がやってきて、あたしをひいきしようとしたわけ。でも青木先生は気づかなくて、山崎先生に全部聞かれちゃったの」

「えっ、どうしてもう一人の先生に青木先生は気づかなかったの？」

「ぬいぐるみだから。ぶたの」

菜々子は目をつぶって上を向いた。

「うーん、わかんないっ。だいたいどうしてさおりが急にひいきされることになったの？」

「伯母ちゃんの店が、青木先生好きみたいなの。そこに手伝いのお母さんがいたから、お母さんの店だと思ったみたい」

「あー、なるほど。ぬいぐるみのことは置いとくとして、とにかく青木先生が言ったことが、他の大人に聞かれちゃったってことだね？」

「そう！」

さすが菜々子。「言語化」とか知ってるだけある。

「それは、さおりのせいじゃないよ。青木先生も大人にはバレないようにしてたんじゃない？　でもさー、子供だってあんなあからさまなひいき、わかるよ」

「そんなにあからさまだったんだ……」

全然知らなかった。

「先生がそんなことするのはちょっとひどいよね」

以前青木先生に「ふざけないで」と言われた時の顔を思い出した。そして、あの中庭でのキラッキラな顔も。

ひいきしようと思うと、あんなに態度が変わるんだ……。あれがいわゆる「二面性」ってことなのかなあ。

ぶたぶたとは今日が最後の面談になった。放課後、相談室で会う。初めて入った。普通はここでカウンセリングをするらしい。

「お母さんに言いたいこと言えたの？」

「言えました」

「牛肉は苦手、ハンバーグが食べたい」と。

「よかったね」

「ありがとうございました」

「いえいえ。モヤモヤはなくなった？」

「はい」

すっきりしていた。少しだけ、自分が見えた気がする。あくまでも気がするだけ、だけど。

「じゃあ、カウンセリングはこれで終わりにしましょう。何か訊きたいことはある？」

「あ、あのー」

つい手を挙げてしまう。

「何かな？」

「青木先生のひいきについてなんですけど……」

ぶたぶたの点目が一瞬見開いたように見えた。ビーズなのに。

「これまた直球で来たね」

「あのう、あたしのせいなんですか？」

菜々子には「違う」と言われたが、念のために訊きたかった。

「あんまり細かいことは言えないけど、少なくとも森橋さんのせいじゃないよ」

ぶたぶたに言われて、ほっとした。

「ていうか、何が『あたしのせい』なの？」

「……先生がひいきしなくなったってこと？」

「それ、そんなに悪いことじゃないよね？」

「あれ？」

そうか。

「あたし、そんなに悪くないですか？」

「うんうん。君はちょっとおっとりしているけど、優しい子だよ」

母に言われた時はうれしいだけだったが、ぶたぶたに言われるとすごく照れる。ものすごく恥ずかしい。

「やだー、山崎先生！」

そう言って軽く叩いたら、ぶたぶたがすっ飛んでいってしまった。

「きゃーっ、ごめんなさい！」

あわてて抱え上げてほこりを払う。すると、ぶたぶたがゲフゲフ咳《せき》をした。

「すみません……」

あたしが優しいって本当⁉　己を知るのには、まだまだ長い道のりらしい……。

＊　　＊

「青木先生は、ずっとグレーゾーンにいましたよね」

希恵がそう言ってお茶をすすった。

「そうなんですか？」

ぶたぶたは、鼻先でふうふうお茶を冷ましながら言う。ちゃんと湯気が流れているけれども、穴もなさそうなのに不思議だ。

美佐子は彼のおみやげの塩大福を食べていた。おいしい。塩気が効いている。

三人は今、事務室の応接コーナーでひと休みをしていた。他は誰もおらず、授業中なので静かだ。教頭先生は出張中。

「うまいこと立ち回ってたというかね。教頭先生とも、割と仲がよかったし」

あれから何度か教頭から「新しいカウンセラーさん」に会いたいと言われていたが、連絡の行き違いと言ってごまかしたり、希恵に用事で教頭を呼び出してもらったりして、タイミングをはずすことをくり返していた。そしたら、めんどくさくなったのか関わってこなくなった。

電話では一度話したそうだが、ぶたぶたがやんわりと、だがはっきり「こっちのやり方でやらせていただく」ということを言ったら、余計に避けるようになったらしい。

それにしても、青木先生と教頭先生が仲がいいとは知らなかった。

「二人とも地元の出身ですからね。青木先生はここの卒業生だし、教え子だったんじゃないかなあ」

「グレーって言われてたってことは、ずっとそういう噂があったってことですか？」

美佐子の問いに希恵が答える。

「まあねえ……。金銭関係は避けていたみたいだし、『ちょっと特別扱いしてほしい』みたいな要求ばかりで、そんなひどいたかりはなかったみたいだけど」

言っちゃったよ、「たかり」って。でも、希恵はちゃんと裏付けを取ってくれたのだ。

日曜日に皮膚科を開けてもらったり、料亭で格安で法事をやったりしていたらしい。あくまでもそれは、相手側が「好意」と言っていたそうだけど、そういう微妙なことばかりをくり返していた香ばしい人だったようだ。

「慎重な人だったんですよ。ひいきの生徒かその親にしか要求をしていないから。他の生徒に聞かれても録音でもされない限り平気だと思ってたんでしょうけど、まさかぶたぶたさんに聞かれているとは思ってもみなかったはずです」

「多分、僕のこと憶えてもいないと思いますよ」

その点は、ぶたぶたにとってよかったかも。逆恨《さかうら》みでもされたら大変だし。

希恵がなぜかちょっとくやしそうに話を続ける。

「けどねえ、仕事はできるのよねえ。今年も合唱コンクールでうち全国行ったし」

商店街に垂れ幕があったなあ。

「たかりさえなければ、いい先生なのにね」

あたしよりもずっと指導うまい人なんだよなあ、と美佐子は別の意味で微妙な気分になる。

今回の報告は、ぶたぶたから直接校長先生に上げられた。実は彼は、校長の大学の後輩なのだそうだ。カウンセリングも、校長の推薦《すいせん》で来たらしい。これも、教頭がでしゃばれない理由の一つだ。

青木先生は、校長からちょっと注意を受けただけだが、以降ひいきが収まったようだった。いつまで続くかはわからないけれども。

森橋さおりも、個人的な問題が解決できたらしい。相変わらず面談申し込みは少ないけど、なんだか達成感があった。って、美佐子は何もしていないんだけど。

「今日から新しい子の面談をしますよ」

ぶたぶたが書類を見ながら言う。

「去年、お母さんから相談があった子なんだね」

「そうです。今年も相談してきたんですけど、本人は乗り気じゃないんです。でも、お母さんがどうしてもって。ぶたぶたさん、よろしくお願いします」

重い口

「おはよう」

母親に声をかけられて、利岡昴《としおかすばる》は軽くうなずいた。

「朝ごはん、食べちゃって」

食卓に座って、ごはんをかきこむ。塩鮭と納豆と味噌汁とサラダ。母はフルタイムで働いているから、忙しい。でも毎朝ちゃんとごはんを作ってくれる。昴はいつもそれを完食する。

「あのね、朝から何度も悪いんだけど」

咀嚼《そしゃく》しながら、母を見る。

「カウンセリング、やっぱり受けてもらえるかな？」

昴はちょっとだけ考えて、首を振った。

「ダメなの？」

どうせ受けても何もしゃべれないと思うから、ちょっと前に言われた時も断った。でも……正直どっちでもよかった。

だが、今朝の母は食い下がった。

「お母さん、受けてほしいの。受けるって先生に言ってもいい？」

昴はめんどくさくなって、うなずいた。拒否すると、それだけ話が長引く。

「そう。じゃあ連絡しておくね。お弁当、そこにあるから」

昴は弁当箱をかばんに押し込み、家を出た。

今日も暑い。夏休みも終わったのに、なかなか涼しくならない。でも、もう空の色は秋だった。

教室に着くと、クラスメートたちが声をかけてくる。

「おはよう、利岡ー」

「……はよ……」

昴は聞こえるか聞こえないかくらいの声で、返事をする。ほぼ無言と言っていい。

授業中、当てられれば答えるが、それ以外は口を開かない。私語で注意されるなど、ありえない。

昴は、必要以上の口はきかない。

小学校までは騒《さわ》がしいほどしゃべる子供だった。だが、中学に入ってまもなく――一年ほど前から、無口な子供になった。豹変《ひょうへん》したと言ってもいい。

「何かあったの？」

と母親がたずねても、昴はただ首を振るだけだ。

実際、何もなかった。このまま何もなければいい、と昴は思っていた。口をきくのが、怖かったからだ。


最近、一人で弁当を食べることが多い。

教室で食べなくていいのが、ありがたい。ランチルームもあるし、外で食べられるようにちょこちょこベンチも置いてある。

暑いから、日が当たらない裏庭にしよう。

今日は誰も昼を誘ってくれなかった。この頃、そういうのが増えてきた。みんなが次第に自分から離れていく――。このままだと、本当にぼっちになってしまう。でも、どうにもしようがなかった。しゃべらないのは仕方ないことなのだ。

今日の弁当のおかずは、昴の大好きな春巻きだった。冷凍食品ではなく、母の手作りの春巻き。手抜きは一切ない。

冷めてもおいしい春巻きをもそもそと食べていると、隣に何かが置かれたような気配を感じた。誰かが座ったみたいな——。

隣を見ると、誰もいなかったが、なぜかぬいぐるみが置いてあった。バレーボールくらいの大きさのぶたのぬいぐるみだ。薄いピンク色の身体に突き出た鼻、黒ビーズの点目。右側の耳がそっくり返っている。

そしてなぜか、そのぬいぐるみの前には、布の包みが置かれていた。ちょうど弁当箱くらいの大きさというか、モロに弁当が包んであるとしか見えないものだった。

何？　いったいどういうこと？

昴はあたりを見回した。誰かが持ってきたのでは、と思ったのだが、人影はない。ここはあまり弁当を食べる人がいないから、選んだ場所なのだし。

誰もいないことを確認して、視線をぬいぐるみに戻すと、いつの間にか布がほどかれてきちんとたたまれ、その上に弁当箱が置かれていた。

「えっ⁉」

思わず声をあげてしまう。しかも、ふたまで開いている。

丸い小ぶりの弁当箱の中には、玉子焼きと魚のようなものと、何やらごちゃごちゃした色のおかずが入っていた。ごはんの上には、紫色のふりかけ。

昴は料理とかまったくしないから、食べたことのないものはわからない。食べたことがあっても、家によって見た目も違うだろうし。

でも、その弁当箱の中身は、とてもおいしそうに見えた。自分の母親が作ってくれる弁当もおいしそうなのだが、どうも子供っぽい――いや、ちょっと女子っぽい？　その点、この弁当は色合いもいいんだけれど、なんだか落ち着いた感じで――とにかく、女子っぽくない。

はっ、こういう考え方ってよくない？

「お弁当、食べないの？」

いきなりの声に、昴は顔を上げる。誰？　おじさんの声だった。やっぱり誰かいるんだろうか？

「こっちこっち」

声のする方に振り向くと、そこにはぬいぐるみしかなかった。

「こんにちは」

「しゃっ、しゃべった⁉」

驚きのあまり、昴は叫ぶ。

「ああ、ごめんね。驚かせちゃって」

ぬいぐるみの鼻の先がもくもくと動いて、同時に声が聞こえた。

「お弁当、おいしそうだね」

そう言われて、昴は弁当に目を落とす。春巻きと焼き肉、ちくわきゅうりとかプチトマトとかアスパラとか、けっこう食べ慣れているメニューだ。確かにおいしい。けど、「おいしそう」と言われたのは初めてかも。自分で作ったものではないけれど、そう言われるとうれしいっていうのも初めて知った。

「あ、ありが……」

声がうまく出ない。

「お母さんが作ってくれたの？」

昴はうなずく。

「君の好物は入ってる？」

「あ、春巻き……」

「そうなんだ」

「あ、あの……」

「何？」

「これ、何？」

昴はぬいぐるみの（であろう）弁当箱を指さして、たずねる。どうしても気になったのだ。

「ああ、これは昨日作ったがんもどき」

「がん……？」

聞いたことがあるようなないような。

「つぶした豆腐の中に野菜とかを混ぜて油で揚《あ》げたものだよ。昨日は揚げたてを夕飯に食べて、今朝は残りをちょっと煮つけて持ってきたの」

「へー……」

よく見ると、黒いところはひじきで、緑色は枝豆、赤いのはにんじんのようだった。

「お弁当、食べないと昼休みが終わってしまうよ」

「あ……」

昴はあわてて弁当の残りに手をつける。パクパク口に運ぶが、味がよくわからない。だって、隣でぬいぐるみも食べ始めてたから。

小さな手（？）で箸を握って（つかんで？）、おかずとごはんをひょいひょい口らしきところに押しつけている。そして、頬のあたりがもごもごと動いて、いつの間にか箸の先には何もなくなる。

「どうしたの？　箸が止まってるよ？」

ハッとしてまた自分の弁当に目を落とすが、どうしても見てしまう。ガツガツとかきこんで、速攻《そっこう》で食べ終える。そしたら、見ててもいいよね？

水筒で麦茶を飲んでいると、ぬいぐるみも水筒を取り出した。昴の水筒よりもずっと小さいが、彼の大きさと比べると巨大とも言えた。

「はー」

そう言いながら、ぬいぐるみは水筒の中身をぐびりと飲んだ。広口タイプなので、鼻の先が濡れる。それをハンカチで拭《ふ》き拭きしている。

そこだけ別世界のようだった。パアッと光が当たっているように。

「ごちそうさまでした」

ぬいぐるみは空っぽになった弁当箱にふたをして、布にくるんだ。キュキュッと手も一緒に結ぶかと思ったけど、そういうことはなかった。

「お弁当はおいしかった？」

昴はうなずいた。

「あ、いきなり隣に来て悪かったね。怪《あや》しい者じゃないからね？」

いや、充分怪しい――と昴は思う。

「僕は、実はスクールカウンセラーなの。山崎ぶたぶたといいます」

……もっと怪しい。というか、ありえないだろ……。

「去年もカウンセリング受けたよね？」

そんなことも知っているなんて、本当にカウンセラーかと思ってしまうではないか。

「今年も親御《おやご》さんが申し込んできたけど、聞いてる？」

昴はうなずく。前回は一年生の時で、二学期の終わりくらいか。でも、母はその面談に失望したというか、「こんなもんか」みたいなことを言っていた。だから、今回はとりあえず昴だけの面談を申し込んだみたいだ。

「あれから、あまり変わりないって担任の先生からもお聞きしました。先生とはお話しした？」

首を振る。今年の担任の坂上《さかがみ》先生は、割とぐいぐい話しかけてくる熱血な男なのだけれど、昴が結局はしゃべらないのでいらついていたりするのだろうか。

「何か話したいことはある？」

昴はまた首を振る。話したいことなどない。なるべくこのまま——しゃべらないまま暮らしたい。

「食欲はあるみたいだね」

ぬいぐるみは、昴の空っぽの弁当箱を見て言う。彼の弁当箱の二倍くらいありそうだった。

「お母さんも担任の先生も、心配してることは知ってる？」

昴はうなずく。

「君は、あんまり気にしてないのかな？」

昴は少し考えて、うなずいた。

「今、うなずく前に少しだけ考えたことって何？」

う、なんだろう、このぬいぐるみ。人の心が読めるのかな。いや、こんなふうに動くこと自体不思議だから、読めるのも充分ありえる。

だったら、こっちが言わなくてもわかるんじゃないだろうか。

昴はぬいぐるみの点目を、じーっと見つめた。「気にしてなくもないけど、別に平気」と思いながら。

「無理しなくてもいいよ」

なんか微妙な返事だ。

予鈴が鳴った。

「もうお昼休みも終わるね。明日また、ここで話さない？」

そう訊かれても……どうしよう。別にいやじゃない。弁当を食べている様子を見るのは、ちょっと面白かった。また会ってもいい。

昴はうなずいた。

「それじゃ、明日また」

ぬいぐるみは、お弁当包みを持って、ひらりとベンチを降り、たたたっと駆けて植え込みに姿を消してしまった。

なんだったんだろう、あれは……。夢かな？　昼休みの間にうたた寝をして、変な夢を見たりするのは珍しいことじゃない。

でも、弁当も食べていたし、ちゃんとその味も憶えている。夢なら、食べられないと思うし……。

わからないなー。


家に帰ると、母が話しかけてきた。

「今日、カウンセラーさんとお話しした?」

昴は戸惑った。アレを「カウンセラー」と言ってもいいんだろうか。自分でカウンセラーと名乗っていたから、いいのか?

とりあえず、うなずいておいた。

「そう。どうだった?」

どうだった、と訊かれても……? これまた戸惑う。母親は何を期待しているんだろうか。いや、わかっている。わかっているけれども、その期待には応えられない。

「何かお母さんに話したいこと、ある?」

あるにはある。でも、話さなきゃならないことなのか、と考えると、そうでもないように思う。

かなり長い沈黙が流れたあと、母親はため息をついた。

「カウンセラーさんとはしゃべったの？」

「……少し」

この返事とたいして変わらないくらいだけど。

「じゃあ、もう少ししゃべるようにしてね」

母親は悲しそうな顔をした。だけど昴には、どうにもできなかった。


次の日も、二人は弁当を膝に広げ、主にぶたぶたの質問に昴がうなずいたり首を振るばかりの時間が過ぎた。

その次の日——三日目も、変わらなかった。

多分、今日で終わりだろうな、と思う。だって、去年のカウンセラーさんともこんな感じで、四回目の面談はなくなったのだ。やはりしゃべらないとやりにくいんだろう。

だがぶたぶたは、予鈴が鳴ると当然のように、

「じゃあ、また明日」

と言った。

「え……」

思わず声が出る。

「何？」

「無駄だよ……」

言ってしまってから、少し後悔した。

「そんなことないよ」

否定はしてくれたけど、その根拠は何？

「前の時は――」

と言いかけてやめた。カウンセラーさんのせいにしてしまうみたいだし。

「今回は充分時間とってあるから大丈夫。面談が途切れることはないよ」

ぶたぶたの言葉を聞いて、前回も「終わった」のではなく、「途切れた」だけだったのか、と思った。そういえば、母がこんなことも言っていたっけ。「都合を合わせるのが難しいわ」と。

ぶたぶたは、どのくらい昴につきあってくれるんだろう。

「じゃあ、また明日ね」

そう言って、ぶたぶたはまた植え込みの中に消えていった。いまだにカウンセラーということが信じられない。

弁当箱を抱えて教室へ戻る途中、スマホが震《ふる》えた。

父からのメールだった。


元気か？

来週には戻れるから、どこかに一緒に行こう！


父は単身赴任をしていて、一ヶ月に一度帰れるかどうかだ。一人っ子で兄弟もいないから淋しくて、以前は父と会えるのが楽しみで仕方なかった。昔から父親っ子だったのだ。いつかまた一緒に暮らせることを待ち望んでいた。

だが、今は——。


無理しなくていいよ。

昴はそう返事を出した。

教室に入ろうとした時、クラスメートが声をかけてきた。

「最近、一人で弁当食べてるけど、どうしたの？」

昴はじっと彼を見つめたけれど、考えていることがそのまま伝わることはない。あのぬいぐるみも同じだ。あんなに不思議な存在なのに、そういう力はないのだ。

自分の思いがちゃんと伝わることなんかないのだ。

「なんでもない……」

そう言って、昴は通り過ぎた。

昨日、父からもらったメールのせいで、昴は憂鬱《ゆううつ》になっていた。

「どうしたの？」

ぶたぶたに訊かれるが、当然答えられない。答える気もない。この三日間よりも、さらに口が重くなっていた。

「じゃあ、今日は別の視点から話をしよう」

ぶたぶたは言う。

「去年も今年も、お母さんからの相談の内容は同じだけど」

昴はうなずく。母から「何も解決していない」と聞いているから。

「君が、突然話をしなくなったってことね」

去年の夏休みが終わった頃だろうか。昴はその時から、うなずいたり首を振ったり、最低限のことを言う以外、口を開かなくなった。心配した母親が病院へ連れていったりもした。身体に悪いところはない。喉《のど》や声帯《せいたい》に異常があるわけでもない。精神科にも行ったが、眠れないわけでもないし、人の話を聞いて笑う時もある。食欲もあるし、部活で運動もしているし、成績はむしろ上がった。部活の陸上部では黙々と長距離を走るだけなので、特に支障《ししょう》はない。

しゃべらない以外は何も変わっていないので、そのうち母親があきらめるだろう、と思っていた。去年のカウンセラーさんは、顔に「めんどくさい」とありありと書いてあったし、早く母親もそう思ってほっといてくれないかな、と考えているのだが、なかなか執念深いようだ。

「ずばり訊くけど、どうして急に話さなくなったの？」

昴は答えない。

「話さないとストレスたまらない？」

それがそうでもなかった。以前の自分は、話す前に何も考えていなかった。今は話さない間に、じっくりと考えている。それを外に出さないからって、イライラしたりはしなかったのが、自分でも意外だった。しゃべらないことはそれほどストレスではないらしい。成績が上がったのは、集中力がついたからだろうか。

ただこれだけ徹底して話さないと、違和感を抱く人もいるんだろうな、というのはわかる。でも昴は、変える気はなかった。

「お父さんが単身赴任っていうのが、何か関係あるかな？」

昴は首を振った。嘘じゃない。単身赴任かどうかは全然関係ない。嘘はつきたくなかった。

「お父さんに帰ってきてほしい？」

昴は迷った末、微動《びどう》だにしなかった。その時、突然、ぶたぶたにたずねたくなった。

「言わないことが嘘になることもある？」

久々に長い文章をしゃべった。なんかそんなようなことを本で読んだのだ。「言わないことは、嘘と同じだ」って。今の自分がそうなりつつある気がして、訊かずにいられなかった。

「あるよ、もちろん」

あっさり返ってきた返事に、昴はショックを受ける。

「でも、それは誰に対しての嘘なんだろうね？　その時によって違うだろうけど」

続けてぶたぶたが言ったことは、よくわからなかった。でも、とにかくあるんだ……やっぱり。

「どうしたの？」

昴はぶたぶたに話そうと思った。でも、勇気が出ない。自分が何を言うか、想像できない。それが怖い。

「もう、今日は、いいです……」

「そう？　大丈夫？　顔色、悪くない？」

「平気……」

そう言いながら、昴は首を振った。早く一人になりたい。

「わかった。じゃあ、また明日ね。あ、今日は金曜日だったね。じゃあ、また来週」

そう言って、ぶたぶたは去っていった。

来週、どうしよう……。もう話したくない……。でも、話さなきゃいけない気もする。どうしたらいいんだろう。


あまりに考えすぎたのか、頭が痛くなってきた。部活を休んで帰ることにする。

帰り道、ふらふらと一人で歩いていると、友だち数人が追いかけてきた。

「おーい、昴ー」

一年生の時からの友人もいれば、二年になってから仲良くなった子、部活の友だちまでいる。

「どうしたの、お前最近」

「サボったのかよ。

「昼休み、何してんの?」

「部活も休んだだろ?」

「お前、何も話してくれないからさー」

口々に言う。心配してくれているらしい。それはうれしかったが、昴は何も言えなかった。

「一人で悩むなよー」

自分も、友だちの誰かが悩んでいたらそう思うし、以前の昴だったらそう言っていただろう。でも、今はそれに応えられないこともある、というのがわかる。

誰にも言えないというのは、本当にあることなのだ。

「帰り、カラオケ行かねー？」

がしっと後ろから肩を組まれる。二人で。まるで連行されるように。その周りを、他の友だちも取り囲む。

カラオケは……今はあんまり気が進まないけれど。

「お前、歌は歌うよな」

そう。カラオケではちゃんと歌う。しゃべらなくても歌う。

「アレ歌って、アレ！」

「アレってなんだよ、それじゃわかんねーよ！」

「ほら、アレ、昴、なんだっけー？」

昴をがっちりホールドした二人はそう言ってゲラゲラ笑う。アレじゃ、昴にだってわからない。

「なー、行こうよー」

「行こう行こう！　悩み事言えないなら、歌ってすっきりしろ！」

みんなにぎゃいぎゃい言われて、「行こうかな」と思い始めた時、

「こら、お前ら、何してる⁉」

いきなり後ろからガッと肩をつかまれ、みんなから引き離された。

「うちの息子に何してんだ、ごらあっ！」

ドスのきいた声に、呆然《ぼうぜん》となる。

「いじめか⁉　お前ら、昴をいじめてんのか⁉」

単身赴任しているはずの父だった。どうしてここに⁉

「何してくれてんだよ、ああっ⁉」

突然の大人の出現に、友人たちはみんな固まっている。

「やめろよ！」

そう叫んだ声が、いつの間にか父親とすごく似てきていることに、昴はショックを受けた。が、そんなことを今かまっている場合ではない。

「こいつらは何もしてない！」

「何言ってんだ、お前を小突《こづ》いたりしてただろうが！」

「ふざけてただけだよ！」

小突いたんじゃない、頭をくしゃくしゃにしていただけだ。

「だって、押さえつけて囲んで——」

「そう見えていたかもしれないけど、いじめなんかじゃない。俺は、父さんと違うんだから！」

はっとした時は遅かった。父親も友だちも凍りついたようにこっちを見ている。いたたまれなくなって、昴はその場から走って逃げた。

逃げたと言っても行き場がなく、自宅近くのスーパーのフードコートにずっと座っていた。

「どうしたの？」

その声に顔を上げると、エコバッグを持った母が立っていた。

仕事帰りの母親は、必ずここに寄る。気づいてくれることを見越して、ここにいたんだな、と昴は思う。

自分はまだ子供だ。身体は大きくなったし、声変わりもしたが、今は母の顔を見て泣きそうになっている。

「父さんが……帰ってきた」

「あら、そうなの？　予定よりちょっと早いね」

それ以上、どう話せばいいのかわからず、昴は黙っていた。

「どうしてこんなところにいるの？」

それにも答えない。

「まあ、いいわ。帰りましょう」

母と連れ立って家に帰ると、父が飛び出してきた。

「昴！　どこ行ってたんだ、探したぞ！」

父はどこかへ電話する。

「帰ってきたから。ありがとう」

そう言って、スマホをしまう。

「誰に電話してたの？」

母の問いに、

「昴の友だちだ」

と答えが返ってきて、驚く。

「昴、あれからみんなが探してくれたんだぞ！」

「どういうことなの？」

母が怪訝《けげん》そうな顔で父にたずねる。

「お前が携帯を忘れたせいだ」

父が母のスマホを差し出す。

「あっ、そうだった……。でも、それがどうして？」

「昼間、お母さんの携帯に電話がかかってきたんだ。早く帰ってきた俺が家にいたんだけど、『学校』からの着信だったから、出ちゃったんだ」

「あら……」

「女性の声で、『一度親御さんと話したい』って言ったからさ、俺が行くって言ったんだ。で、学校に向かってたら、昴が友だちに囲まれてて――」

「カラオケに行こうって言われてただけだ」

昴は言った。

「俺、いじめられてると勘違いして、怒鳴《どな》ったんだ、その子たちに」

「まあ！」

母なら友だちの顔は知っている。だが、父は知らないのだ。

「そしたら……そしたら、昴が……『俺は、父さんと違うんだから』って言って」

痛いほどの沈黙が降りた。それぞれの考えていることが、これほどわかるってことないな、と昴はぼんやり思う。

「昴……あんた、もしかして……やっぱり……」

母はどう言ったらいいのかわからないようだった。

急に父の顔を見るのもいやになってきた。無言で家を出る。

「昴！」

逃げることしかできない自分が、情けなかった。

気がつくと、学校にいた。逃げる場所にバリエーションない……。誰にも見つからないところに行こう、という発想はないのか。ないらしい。

「あら、忘れ物？」

事務室から、職員の藤田さんが顔を出す。

「そろそろ校門、閉めますよ」

「あの……カウンセラーの山崎先生はいますか？」

「え、あ、そうだ！　お待ちいただいてるんだった！　ちょっと待ってて！」

藤田さんがあわてて階段を駆け上がる。

少ししてから、カウンセリング担当の伊豆先生が降りてきた。

「あれっ!?　利岡くん!?」

「父が来るはずだったと思うんですけど」

「あ、そうね。ご家族にご相談した方がいいだろうってことになって、連絡さしあげたの。お母さんの携帯に電話したら、お父さんが出られて。あれ、一人？」

「父は来ません」

「どうしたの？」

それには答えなかった。伊豆先生はしばらく返事を待ってくれたが、やがてあきらめたのか、

「山崎先生いるから、会う？」

と言った。

「はい」

伊豆先生は昴を相談室に案内してくれた。小さな会議室みたいなところだ。ぶたぶたは、長机の上に座って、タブレットをいじっていた。重くないのだろうか。ほとんど同じ大きさだ。よく見ると、持っているわけではなく、カバーをスタンドがわりにしているようだが。

「あれ、利岡くん？」

「父の代わりに来ました」

本当は違うけど、似たようなものだ。

「遅くなりました」

「いや、他の人の面談もあったから、大丈夫だよ」

他の人も、みんな驚いてるのかな、と思う。訊きたかったが、我慢する。

「何かあったの？」

「え？」

「ずいぶんしょげているように見えるよ」

昴はうつむいてしばらく黙っていたが、伊豆先生にすすめられて椅子に座った。

「どうしたの？」

そう訊かれたあともしばらくうつむいたままだったが、ついにぽつりぽつりと今日の午後のことを話し出す。もう、黙っているわけにはいかないだろう。

「そうなんだー。みんな心配してくれたんだね」

昴はうなずく。こんな愛想のない奴なのに、みんな優しい。

「『俺は、父さんと違うんだから』って言った理由は何？」

いよいよ話さなきゃいけないのか。昴は身体が少し震えるのを感じた。

「去年の夏休みに家族で旅行に行ったんです。沖縄に。その時、ホテルの部屋で酔っぱらった父さんが、

『今日、夕飯の時、隣に座った家族がいただろう？　あの母親知ってる人だった』

って言ったんです。俺はもうベッドに入ってたんだけど、父さんの声がうるさくてちょっと目が覚めてて、二人の話がちゃんと聞こえてたんです。

母さんが、

『挨拶もしなかったじゃない。どういう知り合いなの？』

　って聞いたら、父さん、

『中学の頃の同級生。今まで忘れてたけど、今考えると俺あいつのこと、ちょっといじめてたんだよなー』

　って」

　その時の感情を思い出して、昴は小さくため息をついた。突然、心の底が冷えていくように感じたのだ。

「そのあと、何がおかしいんだか父さん爆笑し始めて……」

　母親が止めようとしたけれど、父の話と笑いは止まらなかった。どうやっていじめていたかを細かく説明しだしたのだ。すごく面白い思い出話のように。

　暴力はなかったようだが、言葉でいつもからかい、しょっちゅう泣かせていたようだった。その子はとても口下手で、友だちも少なく、反論できなかったらしい。

「昴に聞かれたらどうすんのよ。あんた、最低」

　母親の冷たい声に、父の笑いの発作はようやく治まる。

「え、なんで？　昔のことじゃん」

父は何度もそうくり返していた。昴はじっと息をひそめ、背中を向けたまま寝たふりを続ける。身体の震えが止まらなかった。

それまでの父親が、いなくなってしまったような衝撃だった。スポーツが得意で明るくて面白くて、ちょっとKYだなとは思っていたけど、それ以外は自慢の父だったはずなのに。

昴には、小学校の時に仲のよかったたっくんという男の子がいじめで転校してしまった思い出がある。幼稚園からずっと一緒だったので、引っ越しの日には父にすがりついて泣いた。彼を助けてあげられなかった自分を責めた。そんな昴を、父はなぐさめてくれたはずなのに。

「いじめなんて、この世界からなくなっちゃえばいいのに」

と泣きながら言った時も、うなずいてくれたのに。あれは嘘だったの？

旅行から帰ってきて、夏休みが終わる頃には、すでに昴の口数は少なくなっていた。

だが、父に気づいた様子はなかった。

当時の父と、今の自分は同じ年代だ。そして、自分と父は、顔も声もよく似ている。

まさか自分も同じような人間になっていたらどうしよう。

「なったら」じゃなくて「なっていたら」と考えると、また身体が震えた。自分じゃまったくわからない。人に訊いて、「なんでそんなこと訊くの?」と言われたら、説明もできない。

それで、しゃべるのが怖くなってしまったのだ。

でも、一番悲しいのは、父が「いじめ」をやったという自覚がないことだった。あの夜の話しぶりから察するに。その後はどうかわからないけれど。母とは何か話しているのかもしれないが、見た目は何も変わらない。

父が単身赴任していて顔を合わさなくてすむことを、初めてよかったと思えた。昴も、極力何も変えないようにしていた。「しゃべらない」以外では。

もちろん母は何かを察しているようだった。だから、去年スクールカウンセラーに相談したのだろう。

しかし、それでは何も解決しなかった。昴に解決する気がなかったからだ。

そこまで話すとぶたぶたは、

「今は話してくれてるね」

と言った。

「しゃべらなきゃいけない時は、しゃべります。でも、やっぱりしゃべりたくない」

ぶたぶたは困ったように、鼻をぷにぷに押した。

「お父さんと話してみたら？」

「父さんとは話したくない」

「でも、話すしかないんじゃない？　どっちにしろ、君がここに来た時点で、ご両親には連絡しちゃったんだよ」

ひどい裏切りをされたような気分になった。

「利岡くんのご両親がいらっしゃいました」

伊豆先生の声がする。

「昴！」

両親が相談室に駆け込んでくる。

「なんでお前は！」

「お父さん！」

息子に殴りかかろうとした父を、母が止めた。

「やめてよ、冷静になって！」

「どうしろっていうんだよ！」

一瞬呆然としたが、伊豆先生も母も小柄な女性だ。ぶたぶたはそれよりさらに小さい。昴は、父と同じくらいの体格に近づいていた。自分が止めねばっ。

昴は父の後ろに回って、羽交《はが》い締《じ》めにした。

「昴！　離せ！」

「誰かが怪我《けが》するから！　やめてよ、父さん！」

父は、こんなふうに暴《あば》れるような人ではなかったはずなのに。いや、それは昴が、そして母も知らなかったことなのかもしれない。

「利岡さん、落ち着いてください！」

相談室に、ぶたぶたの声が響き渡る。突然の男性の声に驚いたのか、父が動きを止める。

「どうか気を静めて、ちゃんとお話をしましょう」

「え……誰？」

するとぶたぶたが、テーブルの上をスタスタと歩き、父に向かって濃いピンク色の布の張られた手を差し出した。

「はじめまして。スクールカウンセラーの山崎ぶたぶたです」

そのあとの沈黙は、今まで経験したことがないくらい長く感じた。

「……何?」

父の声は、ほとんどささやきのようだった。

「テーブルの上からすみません。どうぞおかけください」

母は目をぱちくりさせていて、ぶたぶたから目を離さない。が、父はキョロキョロとあたりを見回す。どこから声が聞こえてくるのか、探しているようだ。額《ひたい》の汗がすごい。身体も震えている。

「ここに、男はいないじゃないか!」

「いえ、わたしがおります。ぶたのぬいぐるみですけど」

自覚してたんだ! 改めてびっくり。

そして、さらに驚いたことに、

「うわあああああーっ!」

突然、父がぶたぶたを指さして叫び声をあげ、相談室から出ていってしまった。振り払われた昴と母は倒れそうになる。伊豆先生があわてて支えてくれた。

「どうした⁉」

と飛び込んできたのは、坂上先生だった。もっと早く来てほしかったけど。

「あ、ここは大丈夫です。利岡くんのお父さんを追ってください」

伊豆先生の言葉に、

「わかった！」

猪突猛進《ちょとつもうしん》に駆け出していく。

「お母さん、大丈夫ですか？」

伊豆先生が、母を椅子に座らせる。母は言葉もなく、ぐったりとうなだれた。藤田さんが、水を持ってきてくれる。

「利岡くん、大丈夫？」

ぶたぶたが声をかけてくれる。

「はい、大丈夫です。それより、山崎先生は？」

あんなふうに叫ばれるなんて。

「ああ、平気だよ。慣れてるからね」

慣れてる⁉

「僕を見た人は、ああいうふうにすごく取り乱すか取り乱さないかのどっちかだから」

ずいぶん大雑把《おおざっぱ》すぎて、笑ってしまう。母も力なく笑い声をあげている。

「お父さん、すごい顔で叫んでた……」

でも母の声は泣き笑いのようで、少し胸が痛かった。

結局、坂上先生は父をつかまえられなかった(そして、ぶたぶたにも気づかなかった)。戻ってきた彼にも礼を言い、昴と母は家に帰る。

父を待とうとしたが、母から「寝ろ」と言われて、ベッドに横になっていた。眠れないと思っていたが、いつの間にか朝になっていた。父が戻ってきたのは、深夜になってからだったらしい。

その日は土曜日だったので、午後から三人で話し合った。

父は、昴が自分のいじめのことを知っていたことにショックを受けていた。それでも「そんな昔のこと」と流そうとしたのだが、

「俺がたっくんのことで泣いていた時、どんな気持ちだったの?」

と訊いたら答えられず、下を向いていた。

「俺が友だちにいじめられてるって勘違いした時は？」

「腹が立って……」

そう言ったまま、言葉が続かないようだった。おそらく、本当に腹は立ったのだろう。

でも、その気持ちと過去の自分の過ちはまったく別物だとでも思っているのだろうか。

はっきり言って実のある話し合いではなかったのだが、ぶたぶたを見て逃げた理由だけはわかった。

よくあることなのだが、昔いじめていた子が少し太っていたから、「ぶた」と言っていじめていたのだそうだ（旅行で会った今のその人は、普通の体型だった）。かわいいぶたのぬいぐるみがたまたまあった時に、

「同じぶたでも、これの方がずっとかわいいよなー」

とからかったのを思い出した、と言った。

聞いたあとに、聞きたくなかった、と勝手なことを思う。心底悲しくなった。母は泣いている。

だから、父に言った。

「俺、やっぱりもう口きかない。誰とも。誰かにそんなこと言うの、絶対いやだから」

父は泣き始めた。まさか、泣くなんて思わなかった。でももう、どんなふうに父と接したらいいのかわからないのも含めて、しゃべらないことを選んだようなものだった。

月曜日に、学校で直接、友人たちには謝った。メールはしてあったし、「しゃべらない」と決めたのだけれど。

「こないだはごめん。変なことに巻き込んじゃって」

「いいんだよ。親父さん、すごく心配してたぞ」

そう言われて、そこだけは謝った方がいいのかな、と思ったけれど、とにかく父とはしばらく口をききたくなかった。

昼休み、ぶたぶたに「また来週」と言われたことを思い出す。

そうだ、ぶたぶたにも謝らないと。

「ちょっとカウンセラーの先生に会ってくる」

ちゃんとみんなに断って、裏庭へ行った。

ベンチには、もうぶたぶたが座って待っていた。

「山崎先生、金曜日はごめんなさい」

前に行くなり、そう言って頭を下げた。ぶたぶたは驚いたようにこっちを見上げている。

「え？　あ、いいんだよ。っていうか、君が謝ることないでしょ？」

「でも、父さんが……」

「お父さんは混乱してただけだよ」

ぶたぶたは、座りなさいと言うように、隣をポンポン叩いた。昴が座ると、

「金曜日はあれからどうしたの？」

とたずねてきた。

包み隠さず話したが「やっぱりしゃべらない」と告げたことを言うと、

「そうなんだ……」

と残念そうに言った。

「まだ怖いから」

「そうか……」

「だって、父親なんだもん、あの人が」

顔も声も似ているのだ。大好きだった父親が奪われたような気分だった。それ以上、

言葉が出なかった。

話したくても話せないなんて、皮肉だな、と思う。涙が出ないように、必死に我慢する。

「そうだね、確かにお父さんだよね」

ぶたぶたはしばらくして、そう言った。

「だけど、利岡くんとお父さんは、別の人だからね」

別の人。そうなんだけど……。

「君は僕を見ても、お父さんみたいに取り乱さなかったしね」

そうだけど……。

「お母さんも、僕に謝ってくれたしね」

金曜日の帰り際、母はしどろもどろになりながら、ぶたぶたに頭を下げた。

「謝らないっていうか、無視する人も多いし」

父はもしかして、ぶたぶたのことなんか忘れているかもしれない。昴はこうやって、話をしている。

別人なんだな……。

「親子だからって、同じことをくり返すわけないんだよ」

そうかもしれない、と少しだけ思えた。

「でも、父親なことには変わりないよ。これからどうしていったらいい？」

どんな顔をしたり、どんなこと言ったりしたらいいのか、全然わからない。

「うーん、そうだね……」

ぶたぶたは腕を組んだ。というか、腕をぎゅっと結んだみたいだった。身体中にシワができている。目の上のシワが、ちょっとかわいい。

「都合よく『こうすればうまくいく』とか、『こう言えばすぐわかってもらえる』みたいな魔法の言葉はないよね」

父は反省しているようだが、母が言うには、「まだ自分が何をやったのかわかっていない」らしい。そういう思考になるのがよくわからない自分の方が未熟なんだろうか。だから、父に気持ちが届かないんだろうか。

「でも、人間もちゃんと魔法を持っているって思うんだよね」

えっ。ぶたぶたにそんなこと言われると、ちょっと期待してしまう。もしかして、すごい展開が待っているのでは、と気分が高揚する。そんなどころではないはずなのに。

「どんな魔法？」

ドキドキしてたずねると、ぶたぶたはまるで立てた指のように、ピンク色の布を張った手先を昴の目の前に上げた。

「それはね——想像力」

そうか、想像力——って、ん？

「人に優しくしたり、思いやることとって、想像力ないとできないんだよ」

あれ、期待していたのとちょっと違う……。

「どんなこと考えてるのかって想像して接していくうちに、いつかお父さんの気持ちもわかるかもしれないし、それによってお父さんも変わるかもしれない」

「……かもしれない？」

「そう。時間がかかる上に即効性も効く保証もない！」

あははは、とぶたぶたは笑った。見えないけど、口を開けているみたいな笑い声だった。

「それって魔法なの？」

「でも、人間にしかこういう能力ないんだよー、奇跡の力じゃない？」

いや、ぬいぐるみにもあるじゃん、とツッコミたかったけど、その前に一緒になって笑ってしまった。

「お父さんのことで、まだ話したい？」

「ううん……よく考えてみる」

単身赴任で距離があるうちに。

想像力か――それがいくらかあったから、こうして逃げないでぶたぶたと話せているんだろう。父はあんまりないのかな。話せば、きっといろいろ気づくと思うのに。

「あ、それからこれは、僕の個人的な意見なんだけど」

「何？」

「あのね、無理に話さなくてもいいと思うよ」

「え？」

そんなこと言われるとは思わなかった。なんとなく「しゃべれ」みたいなプレッシャーがあったように感じていたから。

「お母さんは心配してるみたいだけど、僕は君は無口でもいいと思う。だって、話さなくても平気だったんでしょ？」

「……我慢してたわけじゃないよ」

無口になってから「考える」ということが習慣になった気がした。それを面白いとも思っている。

「話さなきゃいけない時ちゃんと話せば、いいと思うんだ。話しても話さなくても失敗はするよ。でも、取り返しのつかないこと以外は、何度失敗してもなんとかなる。そうやって話していくうちに、口数に関係なく、伝えなきゃいけないことを伝えられる人になるから」

そうか、そういうのが想像力ってこと？　父にもいつか、自分の気持ちをわかってもらえるかもしれない？

「そう、それが想像力だよ」

「えっ、なんでわかったの⁉」

やはり心が読める⁉

「いや、利岡くんはね――顔に書いてある。わかりやすいよね」

えっ、それって無口でいる意味なくない⁉

そう思ったら、もっとおかしくてたまらなくなって、ゲラゲラ笑い転げた。笑いすぎて、涙が出た。めっちゃ出た。
泣きたいと思う時、いつもこんなに笑えるといいのに、と思った。

＊　＊

「利岡くんが、冬休みにお父さんに会ったって話してくれました」

美佐子は、ぶたぶたに報告する。普通ならカウンセリングに使う相談室で。ぶたぶたが来てからは、あんまり使わないのだけれど。

「そうなんだ。だいぶ落ち着いていたみたいだけど、会って何か話したのかな？」

「『特にあの話はしなかったけど、普通にしていられた』って言ってましたよ」

あの騒ぎがあったあと、昴の母親は改めてぶたぶたと美佐子に謝りに来てくれた。その時は、

「離婚も一つの方法だと考えています」

と言っていたが、

「お父さんはまだ単身赴任のままだそうなので、離婚は保留になっているみたいです」

「物理的に距離を置くと少し頭も冷えるから、様子見なのかな？」

いくらなんでも家庭問題に学校は介入できないので、こちらとしては昴を見守るしか

ない。でも、学校では友人たちと楽しく過ごしているようだ。相変わらず無口だが、表情は豊かだし。

その時、ノックが響く。

「はい」

美佐子が返事をすると、ガラッと乱暴に戸が開き、教頭先生が姿を現す。

「カウンセラーの山崎先生はいらっしゃるかな？」

「あ、ええと……」

ぶたぶたがいた長机の上に目を向けると、忽然《こつぜん》と姿を消している。よく見ると、椅子の上に転げたような体勢で落ちていた。教頭からはよく見えないだろう。

「今、席はずしてらして」

「そんなことないでしょう？　話し声が聞こえたよ」

ツカツカと部屋へ入ってくる。

「受験時のカウンセリングに関してはどういうご意見なのか、聞きたくてね」

ぶたぶたが新しいカウンセラーになってから、もう二学期が過ぎた。今は一月の頭――受験シーズンで皆ピリピリしている。

校長先生の直属みたいな立場であるぶたぶたにはあまり関わらなくなっていたのに、やはり受験となると心配になるらしい。ただ、教頭先生の場合、何が一番の心配なのかわからない。けれど、受験シーズンにゴタゴタは避けたい、という気持ちはわからなくもない。

「面接の相談とか、ありましたか？」

「具体的には特に。受験勉強へのストレスに対してならありましたけど」

「できれば把握《はあく》しておきたいのですよね……。今すぐ呼び出してください、山崎先生を」

「あ、はい……」

どうしよう、ぶたぶたに電話をかけたら、ここで呼び出し音が鳴ってしまうか……。しょうがない、代わりに希恵へ電話して、お茶を濁《にご》すしかないかな。でも、もうごまさない方がいいのかもしれない。もう一年近くたつわけだし、教頭に見せたらどんな反応示すのか、というのにも興味がある。

ぶたぶたを机の下から引っ張りだそうとした時、希恵が相談室に駆け込んできた。

「伊豆先生、生徒が階段から落ちて――」

と言いかけて教頭に気づき、びっくりしている。

「えっ、どんな様子なんですか⁉」

「気絶してるみたいなんです。頭打ってるかもしれないって。救急車呼びました」

教頭も仰天して、立ち上がった。

「どこだ⁉」

「正面玄関の――」

最後まで聞かずに飛び出していく。

「伊豆先生、山崎先生と一緒に来てください」

「あ、はい、でもどうして?」

「どうもいじめが原因みたいなんです」

美佐子はぶたぶたをひっつかんで、相談室を出た。

正面の大階段には、人が集まっていた。床に女の子が倒れている。養護の先生が、その脇に付き添っていた。

階段の踊り場には、もう一人の女の子が教師たちに腕をつかまれて崩折《くずお》れていた。

「どうしたんですか?」

近くにいた先生に話を訊くと、

「あの子が――」

と踊り場の女の子を指さす。

「あの子を、階段から突き落としたんだよ」

ゾッとした。身近に利用していて忘れがちだが、階段から落ちるのはとても危険なことなのだ。ましてや突き落とすなど。

「昇降口に生徒がたくさんいて、みんな見てたんだ」

目撃者なのか野次馬なのかわからないが、たくさんの生徒たちは遠巻きに様子を見ていた。

「あー、ついにやっちゃったか」

そんな声が聞こえる。

「西村《にしむら》の方が刺すかもって思ってたよ」

「バカだなあ、そしたら犯罪者だぞ。実原《じつはら》の方が被害者なんて、バカみたいじゃん」

「やるよりやられる方がまだいいよなー」

「何言ってんの、あんたたち。西村さんがまだ無事かわかんないんだよ!」

女子に一喝《いっかつ》されて、アホ男子たちが黙る。

救急車のサイレンが次第に大きくなっていく中、元野《もとの》先生が走りこんでくる。二人の女の子の担任だ。

「元野先生」

事情を聞いたのか、教頭がずいっと前に出てくる。

「病院から戻ったら、報告に来てください」

元野先生が返事をする前に、教頭は踵《きびす》を返した。

「今日のところは、僕にはもう用はないみたいですね」

美佐子の腕の中で、ぶたぶたがぼそっと言う。

元野先生は、倒れた女の子の脇で、がっくりと肩を落としている。それを見つめて、ぶたぶたは言葉を続けた。

「僕の方も、それどころじゃなさそうです」

教頭などにかまっているヒマはない。こういう時こそ、カウンセラーさんに頼らなくては。

弱い人

元野文永《ふみなが》のクラスの生徒、西村真保《まほ》が階段から落ちて、一週間がたった。

真保の怪我は、幸いにも右足の軽い捻挫《ねんざ》だけで済んだ。落ちたのは四、五段程度で、着地の時に頭も打ったらしいが検査の結果は異常なく、後遺症《こういしょう》も残らないとのことで、家で静養している。

だが、文永に会うことは拒否している。両親も、冷静に「もう少し落ち着いてから」とくり返すだけだ。

もしかして、担任である自分のことを信頼していないのだろうか。だが、こうなる前に気づかなかった教師に失望しても、それは当然だろう。

加害者の実原愛矢美《あやみ》の方はもっとやっかいだった。学校に来ないし、訪問しても玄関先で追い返される。母親はヒステリックに騒ぐだけで、真保に対する謝罪の言葉もない。父親は姿を現さなかった。単身赴任などをしているわけではないらしい。噂では、別居をしているというが、真偽はわからない。

この一週間で、すっかり老け込んだ気分だった。周りは労《ねぎら》ってはくれるが、教頭先生からは励ましに似た嫌味を言われて、プレッシャーを与えられている。あまりよく眠れず、疲れきっていた。クラスはとりあえず落ち着いているように見えるが、何人がいじめに関係していたのか、そしてどのくらいの生徒がいじめを把握していたのかもまだはっきりとわかっていない。

ここに来て、文永は最近生徒たちが自分につけたあだ名を思い出してへこんでいた。

「ヘタレ先生」

と呼ばれていたのだ。

自覚はある。というより、自分が強い人間だと思ったことはない。

思う必要もなかった、と言うべきか。

教師になってからというか、社会人になってから、自分があまり挫折《ざせつ》というものを知らなかったんだ、と思い知る。今までは、周囲の助けを借りながらも、なんとか問題を解決というか回避してきたが、ここまでガチのいじめ問題は初めてだった。

それって、今まで気づいていなかっただけじゃないのか、とも思う。

生徒からの評価を正面切っていただいたことはないが、基本「ヘタレ」「ニブチン」

であり、裏返せば「人当たりがいい」とか「優しい」ということになる。

知らないうちに「事なかれ主義」になってはいなかったか、と思っても、自分ではわからない。最近、「難しい」と思うと、脳が拒否するように思考停止になっている気がする。

「元野先生、大丈夫ですか？」

隣の席の伊豆美佐子先生が声をかけてくる。同期だが、今までそんなに話をしたことはない。だが、あの騒ぎ以降、よく話しかけてくれるようになった。

「え、あ、大丈夫ですよ？」

実際、みんな助けてくれていると思っている。この学校は、教頭はいまいちだが、他の先生は皆いい人だ。

「あの……もしよければ、スクールカウンセラーさんに相談されてみませんか？」

「え？」

あれって生徒のためのものではないのか——と思ったが、そういうわけではないらしい。教師の相談にももちろん乗ってくれるというが、なんとなく言い出しづらいし、現実にはそんなヒマはないというのが本音だ。教師の方にも、カウンセラーの方にも。

「いや……大丈夫です」

この程度のことを自分で解決できなくて、何が教師だ。

「カウンセラーは、西村につけてやってください」

真保と愛矢美は中学生になるまで面識はなく、どうしていじめに発展したのかはまだわかっていない。三年になってから始まったというのは、周りの生徒への聞き込みでわかっている。

「でも、西村さんはやっぱり会ってくれないそうですよ」

「あ、連絡してくれたんですか?」

「言わないと動かない人ではないんだ。ちょっと意外。実原さんのところは、ずっと留守電らしいです」

「そうなんですよね……」

せめて電話で様子くらいは聞きたいのだが。

「カウンセラーさんと二人で対策を立てたらどうでしょう?」

「……そのカウンセラーさんって、頼りになるの?」

「なると思いますよ」

「さっき、教頭先生はそんなことひとことも言わなかったけど」

なんか呼び出されて、いろいろ言われたのだ。

「それは、教頭先生がカウンセラーさんのこと知らないからですよ」

なかなかの自信じゃないか。

「知らないっていうか、担当の伊豆先生にまかせっきりなんでしょ？」

「まあ、そんなようなものです」

でも、教頭の息がかかっていないのなら、相談してもいいかもしれない。今回のいじめ問題に対しても、

「穏便に解決してね。穏便に。受験時だからね」

とくり返すだけだった。具体的なことは何も言わないし、自分からは動かない。前々からこんな感じなので、こういう人が教育現場にいていいんだろうか、と友だちに愚痴《ぐち》ったら、

「普通の会社にだって、そういう人いるよ。なんでいるのかわからない人。必要悪みたいなもんだって、俺はあきらめてる」

と言われた。不純物のない水で魚は生きられないとか、そういうこと？

どこでもあることだ、とその時は慰《なぐさ》められたが、今はなんの支えにもならない。

「西村も実原も学校を休んでるから、カウンセラーさんに家まで行ってもらうことになるけど、それをやってくれる人なんですか？」

前の人は、勤務時間自体がとても短く、学校内の面談だけだったようだ。

「訊いてみます」

伊豆先生はすぐに電話をかけた。

「もしもし？　山崎先生ですか？」

しばらくやりとりをしてから、受話器をこっちに差し向ける。

「替わってくださいって」

受話器を取ると、

「もしもし？」

とさっそく声がした。頼りになりそうな渋い中年男性の声だった。でも確か、名前が変な人だと思ったんだけど。

「すみません、元野と申します」

「お疲れ様です。カウンセリングですけど、生徒の自宅にも行きますよ」

話の早い人だ。

「ありがとうございます」

「元野先生のご都合に合わせます」

「本当によろしいんですか？　たとえば、明日とかでも？」

「はい。長引かせてもいいことはありませんからね。ただ、わたしはちょっと特殊な者ですんで、その点で少し打ち合わせをした方がいいと思います」

「もちろんです」

打ち合わせは当然だ。だが、特殊な人ってどういうことだろう。

「では、明日の朝、うかがいます」

まあ、会えばわかるだろうと思いながら、電話を切った。

「山崎先生、明日いらしてくれるそうです」

「よかったですね。きっと力になってくれると思いますよ」

「……絶賛してますね？」

「絶賛っていうか……山崎先生は、会うだけでもいろいろと癒されるっていうか……。あたしもだいぶ助けてもらってるんで」

「カウンセリングの成果は上がってるんですか？」

「上がってると思います。一人の生徒に対して、充分時間をとってくださるんで」

割と続かなくて中途半端になってしまうというのはよく聞く話だが、山崎先生はそういう人じゃないらしい。

「でも、職員会議には出ないですね」

「まあ、それはちょっと事情があって……」

それが特殊な事情なのかな？　明日になればわかるだろうけど。


そして次の日の朝。

会えばわかる、というのは、まさに至言であった。

「おはようございます、元野先生」

相談室のテーブルの上で、薄ピンク色のぶたのぬいぐるみがペコンとお辞儀をした。

ペコンというより、パタンみたいな軽い折れ曲がりだった。

「えっ、どこから声が――」

「元野先生、カウンセラーの山崎ぶたぶた先生です」

伊豆先生の声にはっとなる。そうだった。「ぶたぶた」なんて変な名前、と思ったのだった。

「いやまあ……確かに癒されそうですね……」

大きさはバレーボールくらいで、鼻がにゅっと突き出ている。耳は大きく、右側がそっくり返り、目は黒ビーズ。小児科や歯科の受付に置いてあるぬいぐるみみたいだ。傷ついた子供には効果的かも。しゃべりやすいだろうけど、そんなこと、現実にありえるのか？　しゃべる前に拒否されないか……？

「あっ、元野先生!?」

ふらりとめまいがして、椅子に倒れこんだ。

「大丈夫ですか？」

目を開けると、点目のどアップだった。

「うわっ」

「お水、持ってきますね！」

伊豆先生が相談室を出ていく。

「やっぱり疲れてますね」

お医者さんのようにぶたぶたが言う。前のカウンセラーは白衣を着ていたが、今この段階で着ていたらとても似合いそうだ。

「いや、大丈夫です」

水を受け取って飲み干すと、だいぶ気分が落ち着いた。

「横になりますか？」

ぶたぶたに優しく言われる。その包容力のある声と外見とのギャップに愕然《がくぜん》としてしまう。

「平気です」

こんなことばっかり言っているが、きっと周りにはそう見えていないんだろう。体力はあると思っていたんだけど……。

「打ち合わせをしましょう」

朝のHRのあと一時間目の空き時間にすべて済ませておかねばならない。以降は授業があるし、昼休みはこの一時間でやるはずだったことをすませないと。

放課後に向けて、本当に大丈夫なのか、俺。

「わかりました」

伊豆先生も含めて、打ち合わせを始めた。西村家には、夕方うかがうと連絡を入れる。とはいえ、玄関での挨拶で終わってしまう可能性大だ。母親か父親、あるいは両親ともに丁寧に対応してくれるのだが、とにかく娘の気持ちを第一にしているらしい。

実原家には連絡がつかない。家の電話も両親の携帯も、鳴り続けるだけで誰も出なかった。

「西村さんと実原さん本人の携帯とかはありませんか？」

「西村は携帯を持っていませんでした。実原はずっと電源が切られている状態です」

念のためにかけてみると、すぐにメッセージが流れて切れてしまう。

「行ってみるしかないわけですね」

「まあ、無駄足になる可能性が大ですけど」

「そんなふうに思うと、余計面倒になっちゃいますよ。段階を経《へ》ないといけない時期だと思いますけど」

わかるけど……つい思考停止になりがちだ。

「とにかく夕方うかがいましょう」

朝の打ち合わせは、それで終わった。

放課後、ぶたぶたと待ち合わせて、西村家へ向かう。職員の藤田さんが手土産のお菓子を用意してくれた。しかしこれは、この紙袋の中にぶたぶたが入るダミーなのだ（ちゃんとお菓子も入っているけど）。

西村家にはカウンセラーが同行すると言ってあるのだが、どう紹介したらいいのだろうか。

「親御さんにしか会えないんだったら、そのまま帰りましょうか。余計混乱してしまうかもだから」

人を混乱させる、というのはわかってるんだ……。

「いじめの原因はわからないんですね？」

西村家に徒歩で向かう途中、ぶたぶたと話をする。ただ独り言を言っているだけの人にしか見えないだろうけど。

「そうなんですよ。今日も生徒に聞いたんですけど、学校以外では接点がないし、何がきっかけか、全然わからないんです。別に西村に非があるって言いたいわけじゃないんですが……」

「いじめる方は、理由がなかったりしますからね」

「ないのにいじめるんですか？」

「いじめたいからいじめるってことですかねー」

ぶたぶたは紙袋の中でお菓子の箱につぶされそうになりながら、窮屈そうに立っていた。袋の端から鼻の先がちょっとだけ出ている。その体勢、かなり苦しそうなんだけど。

「いじめる人って、本能的にいじめられる人を見抜くんですよ。その人がどんな人とか、あまり関係ないんです。でも、決して自分よりも強者には行かない。それは、自分が弱者であるという無意識の自覚があるからです。でも、強弱の基準は自分にしかないから、そこで矛盾が生じるんですよね。どうやっても自分を認められないから、自分よりも下だと思う人を利用します。いじめはわかりやすいですけど、友だちのふりをしていいように扱ったり、共依存のような関係を作ったりしますね。

それとは別に、善悪の基準のない人っていうのもいますよね。本当の意味で『悪気のない人』っていうのが。人の気持ちを想像する機会がないまま育ってしまったというか
よく聞く話だけれど、究極の弱者にも見えるぬいぐるみのぶたぶたが言うところがミ

ソだった。

文永は、今までいじめられたことも、いじめたこともなかった。ただ、結果的にいじめに加担したかどうかまではわからない。とにかく、学校生活に特筆すべきいやなことは一つもなかった人間だ。

今、それってとっても稀有《けう》なことになりつつあるんだろうか。そう思うと、背筋に悪寒《おかん》が走った。

以前、こんな言葉を聞いたことがある。

『いじめられていた子は、教師にならない』

いじめられていた子は、学校や教師に期待しないから、だそうだ。

なんの裏づけもないから、それが正しいかどうかはわからない。ただ、妙に重く心に残っていた。そしてそれを思い出すたび、こんなことをつぶやく。

痛みを知らない人間が、教師をやっていていいんだろうか、と。

西村家では、母親が応対してくれた。

「娘もだいぶ落ち着いてきました」

と言ったけれども、真保はやっぱり出てきてはくれなかった。手土産だけ渡して、帰ってくる。

「お母さん、冷静な方でしたね」

紙袋の中でぶたぶたが言う。

「西村も、あんな感じの子です」

成績はいいし、真面目だ。かと言って目立たないというわけでもなく、絵のコンクールに入賞したり、作文で賞をとったりしている。

だから、余計に話してくれないことがショックだった。冷静だからこそ、なのか……。

「あいつは、僕を頼ってはくれないんですよね」

「それは今、あまり気にしないようにしましょう。こうなる前にいじめを相談できなかったことは、僕の責任でもありますから」

「そんなこと……」

この人（？）はいつも学校にいるわけじゃないのに。

「あ」

ぶたぶたが紙袋から顔を出して、上を見る。

「二階の窓際に、女の子がいますよ」

見上げると、真保がこっちを見ていた。文永は、思わず手を振る。

すると、真保も手を振ってくれた。あっ、これは、もしかして⁉

文永は、

「ちょっと失礼します」

と言って、ぶたぶたを抱き上げ、真保の方に向けた。ぶたぶたは空気を読んだのか、
手を振った。

真保の口が、ポカンと開いたと思ったら、ガラッと窓が開いた。

「先生、そのぬいぐるみ何？」

おそるおそるという感じで質問してきた。薄暗い住宅地に、けっこう響いていた。

「今度会った時に、教えてあげるよ」

「待ってます」

へっ⁉　と息をのむような悲鳴のような声を真保はあげた。ぶたぶたの声が聞こえた
はずだが、どう思ったのだろう。

「腹話術《ふくわじゅつ》？」

「違うよ。会った時に教えるから」

そうくり返す。

「じゃあな」

そう言ってぶたぶたを肩に載せ、その場から去った。

家が見えなくなってから、ぶたぶたを降ろす。

「すみませんでした」

「いやいや、平気です。西村さん、興味持ったみたいでよかった」

これが気になって、学校に来てくれるといいのだが。

「来たら、連絡します」

彼女がどんな顔をしてぶたぶたに会うのか、楽しみでもあった。


真保は、次の日さっそく登校してきた。まずは職員室で話を聞く。

「先生、あのぬいぐるみ、生きてるみたいだったけど——」

「うん、生きてるよ」

そう言ったら、昨日と同じ顔をしていた。

「足はもういいの？」

「もう治りました。どこも悪くないです」

きっぱりと言う。決して弱い子ではないのだ。

「でも……怖かっただろう？」

「……階段から落ちたのは……怖かったです」

あの時のことは、やはりしゃべりづらいらしい。

「スクールカウンセラーさんと話をする？」

「うーん……」

あまり気が進まないようだったので、

「昨日のぬいぐるみさんがスクールカウンセラーなんだよ」

と言ったら、またポカンとした。

「やだ先生、変なこと言ってー」

「変なことじゃなくて、ほんとのことだよ。来てみればわかる」

真保はしばらく迷っていたが、やがてうなずいた。

相談室に連れていくと、ぶたぶたがテーブルの上で熱心にパソコンをながめていた。

うわ、パソコンまで使えるなんて！

「あ、こんにちは。昨日はどうも」

しゅたっと手を挙げる。真保は入り口で固まっていた。

「絶対に腹話術だと思ってた……」

「こんなに離れてちゃ無理だよ」

「わかってるよ……」

「どうぞー、座ってください」

真保は、ぶたぶたにすすめられるまま椅子に座る。でも、なんだか及《およ》び腰《ごし》だ。

「西村真保さんですね？」

「あ、はい」

鼻の先がもくもく動いているのを、彼女は熱心に見つめている。

「気分は落ち着いたかな？」

「……どの気分？」

反抗的な言葉にも思えるが、どうも混乱しているらしい。

「じゃあ、今の気分は？」

特に気にする様子もなく、ぶたぶたは質問を変える。

「けっこう心臓がバクバクしてる」

「それは僕のせい？」

「そう！」

「そりゃ悪かったね」

ぶたぶたの目の上のシワに顔を寄せたかと思うと、真保はいきなり笑い出した。

「かわいい！」

その発言が失礼に当たるかどうか、判断しかねた。声はおじさんだが、見た目は誰よりもかわいいから。

「先生、いったいなんなの、これ」

「これってのは失礼だろ……」

「あっ、ごめん！　でもわかんないからー」

「俺に訊かれてもね……うまく説明できないよ」

そんなチャレンジは無謀《むぼう》だろう。

「あっ、そういえばさっきカウンセラーさんだって……！」

「そう。スクールカウンセラーの山崎ぶたぶたです」

「うわー、すごい名前！　ぴったり！」

明るい声にほっとする。怖い思いをしたのだろうけど、表情がみるみる変わっていくのがわかる。

ぶたぶたは真保に質問したり、話を促《うなが》したりしながら、時折笑わせた。真保は彼の仕草にいちいち「かわいい」を連発して、楽しそうでさえあった。

「今日から学校には普通に通えそう？」

「多分……」

さっき、教室では友だちに囲まれていた。

「どうしてあんなことが起こったのかな？」

「それは……あたしは愛矢美じゃないからわからないけど」

「友だちだったの？」

「友だちだと思ってたよ。最初はね。でも、あの子はそうじゃなかったみたいだね……」

そう言うと、突然疲れたような顔になった。けれど、無理に話している様子はない。

「中学に入ってから仲良くなったの？」

「うん、二年で同じクラスになってから。三年になったら、なんか変わっていったの」

「どんなふうに？」

真保はうつむいた。それはまだ話したくないらしい。

周りの生徒に聞いた話によると、悪口を言いふらしたり、物を隠したり、ノートに落書きをしたりといったことを愛矢美はやっていた。落書きされたノートは、真保の机の中にそのまま残されていて、「ブス」とか「バカ」とか、そんな言葉が殴り書きされていた。

真保は友人が多く、かばってくれる子がいたから、それ以上エスカレートすることはなかったらしい。愛矢美もそれまでは特に問題のない普通の明るい子だった。友だちも真保と同じくらいいたし、二年生の時は普通の友人関係だった。なのに、三年一学期の修学旅行が終わってから、いじめが始まる。

家庭の問題なのかな、と文永は思う。父親が一切顔を出さないというのが根拠なのだが、少なくともあの母親の荒れようの原因にはなっていそうだ。

でもそれだけの理由で、階段から突き落とすなんてことになるんだろうか？

「そうか。今はまだ話したくないね？」

「階段から落ちた時のことも、よく憶えてないの……」

「無理に思い出したり、話さなくてもいいから。話したくなったらでいいからね」

ぶたぶたの言葉に、真保はほっとした顔になった。

彼女が教室に帰ってから、ぶたぶたが言う。

「西村さんが話す気になるまで、毎日いられるようにしときますね」

その言葉に驚く。今までのカウンセラーで、ここまで熱心な人は見たことがない。みんな勤務期間が終わったら、相談が途中でもいなくなってしまう。次は数ヶ月先というのもザラで、その間の信頼関係はまたゼロに戻ってしまう。

この人は、来るのは月に一度だが、期間の融通《ゆうずう》がきくらしく、カウンセリングが一段落するまで毎日来てくれる。校長先生と懇意《こんい》らしいというのも、さっき伊豆先生に聞いた。

「ずいぶんと自由な勤務形態ですね」

と本人に言ったら、

「まあ、僕は特殊ですからね」

との返事。ぐうの音《ね》も出ない答えだった。あまりにも便利な言葉だったが、彼にしか通用しないな。

次の日は、実原家に向かった。

誰か話のわかる人がいてほしい——と思ったが、やはり母親しかいなかった。父親であれば大丈夫という保証はないのだが。

母親は、相変わらずヒステリックに叫びまくる。

「うちの子はいじめられた方よ！　あの子がいじめなんてするはずない！」

というようなことをずっと言っているのだ。頑《かたく》なに自分の娘がしたことを認めず、もちろん治療費なども払おうとしない。

でも、今日はいくらかよかった。玄関に入れてもらえたから。だが、愛矢美の母親はどんどんヒートアップしていく。そろそろ帰った方がいいかもしれない。それとも、もう少し粘《ねば》るべきなのか——。

「みんなバカにして！　あたしをバカにして！」

「落ち着いてください」

と言っても全然耳に入っていないようだ。

「あんたもそうよ！　こんなもん持ってくればなんて思ってんでしょ！」

彼女は文永の手から紙袋をひったくり、玄関の三和土《たたき》に叩きつけた。

「ああっ！」

ひどい！　中のぶたぶたは怪我していないか⁉　紙袋を拾おうとしたが、

「文句があるなら、帰れ！」

肩をすごい勢いで押される。まるで張り手だ。指が目に刺さりそうになる。

「あの――！」

玄関に裸足《はだし》で飛び降りた母親は、すごい力で文永を押しまくり、

「帰れ‼」

と叫んで、ドアをピシャリ！　と閉めた。

追い出されてしまった。どうしよう。ぶたぶたが中に取り残されてしまった！

もう一度玄関のチャイムを押すが、反応はない。

ぶたぶたに電話をかけようか？　それともメール？　でも、着信音で怪しまれないだろうか……。

とりあえず、実原家に電話をしてみたが、やっぱり出ない。

帰ることもできず、マンションの前でウロウロしていたら、ぶたぶたからメールが来た。

実原さんと話ができそうです。

「ほんとにっ!?」

あわてて周りを見回す。誰もいないみたいでよかった。続きを読む。

どれくらいかかるかわからないので、先にお帰りになってください。

そう言われても……どうしよう。迷った末に、メールを返信しておく。

いったん学校に帰っています。

せめて母親と話ができたら、と思ったが、それも無理そうなので、とりあえず学校へ戻った。

仕事をしていると、ぶたぶたからメールが来る。

話し終わりました。明日くわしくお話しします。

いったい何を話したんだろう。気になって、その夜もよく眠れなかった。

次の日、愛矢美は学校には来なかったが、朝、本人から電話が来た。

「母に許可をもらったので、今日家に来てください」

その話をぶたぶたにすると、

「昨日は玄関にしばらく放置されていたんですが、誰もいなくなってから帰ろうと紙袋から出たら、実原さんがいて目が合いまして」

「……驚いてました？」

「ええ。でも、いろいろやりとりしているうちに、こっちがカウンセラーだっていうのはわかってもらえたし、元野先生とも話すように説得もできました」

結果オーライ、と見ていいのだろうか。

学内は受験シーズン特有のピリピリしたムードに包まれていたが、真保は普通に授業に出ていて、クラスメートたちと楽しそうに笑っていた。ただ、落ちた階段には近寄らず、わざわざ遠回りして別の階段を利用していた。

真保は推薦入試だったのだ。そして、もう合格も決まっている。だから、学校にも来られたのかもしれない。

反対に愛矢美は一般入試で、試験はこれからだ。なかなか志望校を決めなくて、催促《さいそく》していたのだが、それについても今日は話し合わなくてはならないだろう。

昨日と同じように紙袋にぶたぶたを入れて、再度実原家を訪問する。彼を紹介するかしないかでけっこう迷ったが、母親の情緒《じょうちょ》がかなり不安定なので、かえって刺激してしまうことになるかもしれない。結局カウンセラーは同行していないことにして、表向き文永一人の訪問ということにした。

玄関のチャイムを鳴らすと、出てきたのは愛矢美本人だった。母親は居間でテレビを見ている。母親は立ち会わないそうなので、愛矢美の部屋のドアを少し開けて、話すことになった。

愛矢美はげっそりとやせて、顔色も悪かった。でも、ぶたぶたを見ると少し目に輝きが戻ったようだった。

三人で向かい合って座ると、ぶたぶたがさっそく話し出す。

「実原さんは、実は僕に相談をしていたんです」

「えっ、そうなんですか?」

「電話で、匿名《とくめい》だったんですけどね。いじめのことではなく、進路のこと」

愛矢美は、ちょっと申し訳なさそうにうなずいた。

「びっくりしたけど、電話でいろいろ聞いてくれた人の声だってわかったの……」

「……進路のこと、どうして先生に相談しなかったんだ?」

文永の問いに、愛矢美は、

「……あたしのことも、ママのことも知らない人と話がしたくて」

と言った。

「ママと話を合わせてほしくなかった」

「どういうこと?」

「ママが、あたしの行きたい高校に、どうしても行かせないって言ってたから」

「実原が行きたい高校って？」

県内だが、この街からはかなり離れたところにある公立高校の名を言った。専門学科が有名なところで、そこへ進みたいらしい。

「伯父《おじ》の家から通いたいんです。寮があるから、そこに入ってもいい」

「それを反対されてたんだ」

愛矢美はうなずいた。

「『絶対に許さない』って」

「どうしてそんなに反対されたの？」

「真保ちゃんよりいい高校に行けって言われたから」

――どういうこと？

「ママと真保ちゃんのお母さん、昔ママ友だったっていうか……ちょっとだけ児童館の教室で一緒だったことがあったんだって」

愛矢美はぽつぽつと話し出した。

「あたしは赤ちゃんだったし、真保ちゃんも多分憶えてません。修学旅行の買い物に班の子たちと行った時、みんなのお母さんも顔合わせしたんだけど、真保ちゃんのお母さんはやっぱりうちのママのこと、全然憶えてないみたいだったな」

愛矢美はうつむいて話を続けた。

「でも、ママは憶えてたの。その時、あたしたちそっくりの服着てて、顔もよく似てたんだって。今は全然似てないけど」

真保は小柄で、どちらかというとぽっちゃり系だが、愛矢美は背が高く、ひょろっとしている。雰囲気すらも似ていなかった。

「周りにも『似てる』って言われて、ママは『そんなことない！』って怒って、それっきりその児童館には行かなくなって、すっかり忘れてたんですけど……。中学になって真保ちゃんと同じクラスになったっていうのがわかってから、なんか……ママに変なスイッチが入ったっていうか……やたらと『あの子よりも上を目指せ』って言われるようになったんです」

「児童館では一度会っただけ？」

それだけで？　と思ってしまって、文永はたずねる。

「そういうわけじゃないみたい。『行くたびに比べられて、腹が立った』って言ってたから」

「周りの人はどういう気持ちで見てたんだろうねえ」

ぶたぶたの問いに、愛矢美は言う。

「あたし、去年真保ちゃんの家に行った時、アルバム見せてもらったの。その中に、あたしと写ってるのを見つけたんだ。真保ちゃんはわかんなかったみたいだけど。写真のあたしと真保ちゃん、そっくりの服着て、おんなじような顔して笑ってるの。真保ちゃんはその時のまんま大きくなったみたいだけど、あたしはその赤ちゃんと全然似てない。でも、両方ともすごくかわいかった。双子みたいに笑ってて、面白かったの。周りの人は、そんなふうに思ってたんだと思うんです。

でも、ママは昔から人と比べられるのが大嫌いなんです。人より上にいたいっていうか……わかんないけど。だから、人に知られてないのもいやなの。修学旅行の前に真保ちゃんのお母さんから『初めまして』って言われたのにまたすごい怒って、前よりもうるさく言われるようになったんです。そしたらなんか……真保ちゃんがいなかったら、こんなことも言われなかったのにって思い始めちゃって……」

「それでいじめ始めたのか――」

「はい……ごめんなさい……」

　愛矢美は泣き出した。

「あの時も、前の晩、母とケンカしてたんです。真保ちゃんが推薦で受かったところより偏差値《へんさち》高いところしか受験させないって言われたの。あたし、そんな頭ないし、絶対に落ちるのわかってる。伯父さんたちに説得してもらっても、全然聞いてくれないから、もうほんと、全部やになっちゃって……真保ちゃんがいなくなればいいって思っちゃったんです……。突き落としてから、何やったんだって……すごく後悔して……」

　愛矢美はうずくまって、泣き伏した。文永は、肩をぽんぽん叩いてなぐさめた。

　しばらくして愛矢美は立ち上がり、机の引き出しの中から封筒を二つ取り出した。

「これ、お年玉をずっとためてたお金です。お母さんが、治療費払わないって叫んでたから……。こっちは真保ちゃんに書いた手紙。謝っても許してくれないと思うけど……」

　真保への手紙だけを預かり、実原家をあとにした。

　愛矢美との面談のあとに、母親と話をしたが、なんだか呆然とした顔をしていた。娘の話を聞いていたのか、事前に話し合っていたのか、それはわからない。ただ、前日までの勢いはすっかり失せ、こちらの話を聞いている様子もなかった。

「お父さんの連絡先を教えてください」

今まで何度も拒否された質問だったが、今回はあっさりと教えてくれた。

果たして父親がどう出るかはわからないのだが、娘のやったことを知らせないわけにはいかないだろう。

帰り道、文永はふと思った。

「いじめをする子もいろいろいるんですね」

以前ぶたぶたが言っていた「いじめをする子」のことを思い出して、言った。

「そうですね。あの時は乱暴に分けちゃったと思いました。実原さんは、加害者であると同時に、被害者でもあったね」

「被害者？」

「お母さんからのプレッシャーに押しつぶされたんですよ」

『どうやっても自分を認められないから、自分よりも下だと思う人を利用します』

ぱっと言葉が浮かんできた。

「だからって、彼女がやったことは取り消せないんですけどね」

暴力は連鎖《れんさ》すると聞く。このいじめは、真保と愛矢美だけの問題だと思っていたけれど、実際はそれだけではなかった。

自分だけで、それに気づけただろうか、と文永は思う。愛矢美の母親も、何かわかったことがあっただろうか。

愛矢美の父親に連絡をすると、すぐ学校にやってきた。母親から何も知らされていなかったらしい。

別居というか、妻のヒステリックな言動に耐えかねて、実家に帰っていたようだ。娘の憔悴《しょうすい》ぶりに反省して、西村家へ愛矢美とともに謝りに行った。

愛矢美は希望の高校を受験できることになり、家で勉強している。学校には来づらいと言うので、もうこのまま卒業かもしれないが、受験のサポートはしっかりしていくつもりだ。

彼女の手紙は真保に渡した。それについて、文永は何も聞いていない。真保自身は、平穏に学校生活を送っているし、クラス内も一応落ち着いてきた。

あの事件以来、機嫌の悪かった教頭も、それで一応納得したようだった。表沙汰にならなくてほっとしている、というべきか。

卒業式まで、まだまだ気が抜けないけれども。

いまだに頼りない先生と思われているのはわかっている。本音では、ぶたぶたに一緒にいてもらって、いつも手助けしてもらいたい。授業の時にも紙袋に入っていてほしいと思うくらい。

しかし、そうは行かないのが現実だ。それでも、一ヶ月に一度くらいは来てくれるのだが、ぶたぶたも忙しい。

次が待ち遠しい。たとえちょっと挨拶するだけでも、会えるとうれしい。でも、来年度はどうなのかな。続けてくれるといいんだけど。

そんなことを考えながら、文永は裏庭のベンチに座っていた。手には牛乳のパック。昼ごはんを買うのを忘れていた。食欲もないから、これでいいかな、と思って飲んでいると、

「あっ」

植え込みの陰から、ぶたぶたが姿を現した。

「元野先生、こんにちは」

なんだか風呂敷包みを抱えている。いや、彼の身体から考えると、小さな包みだ。

「こんにちは、山崎先生」

「お昼ですか？」

「あー……食欲ないんで、牛乳だけ……」

「それだけ？　午後もちませんよ」

ぶたぶたはベンチに上がってきた。よっこらしょと言いながら、軽《かろ》やかだった。

「食べません？」

風呂敷包みを解くと、中から小さな重箱が現れた。開けると、半分に切ったおいなりさんが並んでいる。ごはんの中身が見えるようになっているのだ。

「忙しいからつまめるものにしたくて、酢飯《すめし》じゃないおいなりにしてみました。混ぜごはんとか入れてます」

白いごはんに肉が載せてあったり、筍《たけのこ》ごはんが詰めてあったり、梅干しと三つ葉の混ぜごはんやツナときゅうりの混ぜごはんだったり――とてもおいしそうだった。

「食べてください、どうぞ」

「えっ、でもこれは山崎先生の弁当でしょ？」

「多分、あとでおやついただきますから。藤田さんが、差し入れてくれるんです」

「そうですか……。それじゃあちょっとだけ」

文永は、ツナときゅうりの混ぜごはんをいただいた。一口食べたら、なぜかおばあちゃんちで過ごした夏の朝を思い出した。採《と》れたてのきゅうりにおばあちゃんは、「文永が好きだから」とツナを載せてくれた。それにマヨネーズとしょうゆをちょっぴり。ごはんに載せて食べた。おばあちゃんちでしか許されないメニュー(?)だった。

子供の頃のことを、久しぶりに思い出した。目の前のことをこなすことで、精一杯だったから。

「他のも食べて」

「じゃあ、あと一つだけ」

梅干しと三つ葉を手に取る。梅干しはとてもすっぱかったが、おいなりさんの甘めの味付けによく合っていた。これもおばあちゃんの梅干しみたいだった。あれは自家製だったけど、ぶたぶたも自分で漬けたんだろうか――。同じ大きさくらいのカメに手を突っ込んでいる彼を想像すると、自然に笑顔になってしまう。

「あとで、何か買ってきます」

「梅干し食べて、食欲出ました？」

梅干しのせいではなかったけれど、文永は、

「はい」

と答えた。

「食欲もですけど、睡眠はどうですか？」

お、なんかカウンセラーっぽい。

「睡眠はとれてます」

これがまた、嘘ではないのだ。

「あ、それはよかったです。快眠の秘訣とかありますか？」

ちゃんとある。ふとんに入って寝つきが悪いと思ったら、ぶたぶたの点目を思い浮かべるのだ。しかもどアップ。

すると、なぜかすーっと眠れる。不思議だけど。

それを隣の席の伊豆先生に教えたら、「あたしもやってみます！」ととても喜んだ。

「へー、教えてください」

いや、でも本人に言うのはちょっとな――なんだか照れくさいし。

本当は「眠れない」という生徒に教えたりしたいんだけど、まずはぶたぶたに会わないと意味ないのだ、きっと。それに彼は――秘《ひ》してこそのぶたぶた、なんだろうからなあ。

好奇心

「スクールカウンセラーって、どんな人が利用しているんだろうね」

中一の息子・信《しん》が学校から持って帰ってきたプリントを見ながら、後藤鈴子《ごとうすずこ》は言う。

上の娘の頃から、カウンセリングの案内は定期的にあるが、一度も利用したことがない。便利なものなのだとはわかっているが、二の足を踏む理由というのはなんなのだろう。

精神科の病院に行くのと似ているのだろうか。ひと昔前まで、精神科へ行くのには勇気がいった。通っていることを知られると、なんとなくまずいみたいな雰囲気もあった。今はそこまでではなく、心療内科などもあるので、だいぶ敷居は低くなった――感じがする。自分は行ったことがないし、行く気もないので、正確なところはわからないのだが。

それでも、行くのを躊躇《ちゅうちょ》する人の気持ちもわかる。ちょっとだけ。

「悩みはないんだから、行く必要もないでしょ?」

と今年から大学生の娘・百合子《ゆりこ》がプリントをのぞきこんで言った。

「悩みくらいあるよー」

なんとなくしゃくに障《さわ》って、言い返してしまう。

「信のことで？」

「まあね」

「何？　どんなこと？」

「いやそれは……大したことないから」

「ほんとにー？　そうやって先延ばしして大丈夫なやつー？」

そう言われると多少不安にならないわけでもないが、

「スクールカウンセラーに相談するほどじゃないと思うんだよね」

というより、相談しても仕方ないはず。それは言わなかった。

「ふーん、それならいいけど。あとであわてたりしないでよね。せめてあたしには言ってよ」

うう、お姉ちゃんはいい子や……。母はうれしいぞ。

それにひきかえ、弟は。

「ただいまー、お腹すいたー！　なんかないー⁉」

中学生になった自覚は一切なし。もうすぐ中二なのに、ほぼ小学生のままである。

「おやつが冷蔵庫にあるけど」

「やったー、プリンだー！」

うれしそうにどんぶりプリンを頬張る姿はかわいいのだけれど、それはただの親の贔《ひい》屓《き》目《め》。この先、ちゃんと大人になっていってくれるのだろうか、という不安もある。

「あ、そうだお母さん。昨日渡したプリントある？」

プリンをペロリとたいらげたあと、信は言う。

「何？」

さっきまで見ていたプリントを渡すと、

「俺さー、今度このスクールカウンセラーって受けてみようかなーって思ってて」

一瞬、「目が点になる」ってこういうことか、と思う。

「なんで⁉」

思ったよりも大きな声が出た。

「えー、だってどんなもんだか気になるじゃん」

そうだった。こいつは知りたがりの子供なのだった。好奇心旺盛《おうせい》と言えば聞こえはいいが、どうもこう……上に「知的」がつかない気がしないでもない。

「これは、悩みのある人が利用するもんなんだよ」

「あるよ、俺、悩み」

「ええっ⁉」

なぜか声がハモる、と思ったら、百合子がいつの間にか盗み聞きをしていた。

「姉ちゃん、いたんかよ」

信はチッと舌打ちをする。

「いて何が悪い。ここはあたしの家でもあるんだから」

開き直ったのか、百合子は食卓に手をバンッ、とついて、

「で、悩みって何？」

と尋問口調で言う。

「言わないよ、そんなこと」

「なんで？　カウンセラーさんの前に、まず家族に相談じゃないの？」

「守秘《しゅひ》義務です」

「あんた、意味わかってないでしょ……」

母としてちょっと悲しくなった。

「え、使い方違う？」

新しい言葉を知るとすぐに適当に使って、ゆかいな話題を提供してくれるのだが。

「違うけど、とりあえずそれは置いといて、いったい何を相談しようとしてるの？」

「それは言わない。プライベートなことです」

かわいい息子であるが、たまに本気で腹が立つことがある。

「あんた、だったら黙って相談すればいいのに……」

百合子のツッコミに、

「あっ、そうかー！」

と心底後悔したように叫ぶ信。

そのあともずいぶん追及したが、彼は意外なことに、口を割らなかった。

「宿題しようっと」

と普段は寝る前に思い出してやっている（あるいはやらない）くせにそんなこと言って、信は自分の部屋へ引き上げていった。

「もうっ、あの子は何考えてるの？」

思ったよりも口が固くてびっくり。

「大丈夫だよ、お母さん。スクールカウンセラーに相談すると、親には連絡来ると思うよ」

「そうなの？」

「お医者さんとかお金払うカウンセラーじゃないし。虐待《ぎゃくたい》されてるとかだったらわかんないけど」

「そんなことあるわけないじゃない！」

念のために言ったことだとわかっていても、ちょっとショックだ。

「わかってるって。あたしが一番わかってる」

「ありがと……」

「まあ、黙ってることができないってところがあいつらしいところなんじゃない？　まだ子供なだけかもしれないけど」

寝る前に夫に話したら、ギャハハハ笑って、

「あいつらしいな！」

で終わりだった。無関心なわけではなく、信に関しては放任気味なのだ。娘には甘いのに。もちろん、叱る時は、娘にも息子にも厳しいんだけど。

しかし、鈴子としては夫ほど楽天的にはなれない。

ふとんの中で自分が息子に対してやったことについて、いろいろ考えてしまった。でも、言い訳で「しつけ」と言わなければならないことは、一つもやっていないはず。当たり前のことだけしかしていない。

信だって、多少おバカさんだが、決して人を不快にするような子には育っていないはず。とりあえず、今のところは。

なんだか寝つけなくて、鈴子は深夜まで寝返りを打ち続けた。

果たして、信はいつカウンセリングを受けるのか、というのをやきもきしながら待っていた。どうせあとから連絡が来るのだから、その時に考えればいいこと、とは頭ではわかっているのに、心はそうもいかない。

そんなある日、帰宅した信の様子がいつもと違って見えた。

ひとことで言うと、ぼんやりしている。いや、いつもぼんやりはしているが、なんというか、種類が違う。頭で他のことを考えているから上の空というのは同じだが、ゲームやプラモやクワガタのことを考えているのではない、と感じた。

なんかもっと……柔らかいものを考えているみたいな。ぼんやりしているというより、「夢想している」と言ってもいいかもしれない。

ぶっちゃけてしまうと、「好きな人ができました」みたいな顔をしているのだ！

何、もしかして信の悩みって、恋⁉ 恋なの⁉ まさかそんな！ この間まで鼻水垂らしていたこの子が⁉

別の意味で、鈴子は呆然とする。

はっ、いかんいかん！ まだ決まったわけではないのだ！ まずは探りを入れなくては。

「そういえば、カウンセリングって受けたの？」

とりあえず、関係ないところから攻めよう、と思ってさっそくたずねたところ、信は突然、目に見えて動揺しだした。

「なっ何⁉」

テーブルに置いてあった新聞とチラシに手が触れ、バサバサと落ちる。あわてて拾おうとして、全部バラバラになる。まとめて拾おうにも、次々と滑り落ちる。揃えようとしてまた床に散らばる。

　そのコントみたいなくり返しに、さっきまでの甘酸っぱショックがかき消されそうになったが、それと同時に、

『カウンセリングでも、そのことを相談したのではっ!?』

と思う。

え、でも、昨日まではそんな兆しは何もなかったはず。

鈴子の頭はめまぐるしく回転する。そして、出た結論。

『まさか、今日会ったカウンセリングの先生に惚《ほ》れたのでは!?』

……いや、それなら「俺、カウンセリング受ける」と宣言したのはなんだったんだ、と。

――うーん、「きれいだと聞いたから、見てみたい」とか？　いや、そんな色気づいた子ではなかったはず。宣言することもなかろう。だいたい、それは悩みじゃないし。悩みあるって言ってたし。

自分でも考えててわからなくなってきた。

「カウンセリング、受けたの？」

もう一度訊いてみる。

「あ、うん、受けたよ……」

あからさまに動揺している。

「なんでそんなにあわててるのよ」

「あわててないよ！」

なんかもう、残念に思うくらいわかりやすい。

「実のある話はできた？」

「なんの話？」

「……話してみて、悩みは解決したの？」

「解決してないよ」

してないんだ……。あれ、まさかほんとに悩んでるのかも？

「お母さんには話してくれないの？」

「うーん、ちょっと話せないな」

ちっ。

で、やっぱり追及しても口を割らないのだ。これは彼の成長と見てもいいことなの？　お母さん、別の意味で不安になる。

とはいえ、特に変わったことはなかった。信はいつも元気で、毎日楽しそうに学校へ行く。たくさんごはんも食べるし、よく寝る。もう少し勉強してくれるともっといいけど、これだけ元気だったら贅沢《ぜいたく》は言えない。

ところが。

「お母さん」

ある夜、信が風呂に入っている時に、百合子が鈴子をつかまえる。

「何？」

「お母さん、気づいてない？」

「何を？」

「シャンプー」

「え？」

「信、最近あたしのシャンプー使ってる」

「そうなの？」

百合子は、自分用のシャンプーやボディソープをバイト代で買って使っている。鈴子もトリートメントは自分で用意しているが——。

「そういえば、トリートメント減ってる気がする」

「それって信だよ、絶対！」

「なんで信が使うのよ」

「あいつ、ちょっと色気づいてるような気がしない？」

鈴子は驚く。

「……気がついてた？」

「それでいいシャンプーを使ったんじゃないかと思うんだよね」

「カウンセラーさんに相談したあとから、余計にそんな感じがするんだけど……」

「まさか——カウンセラーさん、美人なんじゃないの？」

やはり親子だけあって、考えることが似ている。

「プリント見るだけだと、性別はわかんないんだよね」

「なんて名前？」

「プリントが冷蔵庫に貼ってあるよ」

じっくりプリントを見ていた百合子が、

「何これ！」

と素《す》っ頓狂《とんきょう》な声をあげる。

「山崎ぶたぶただって！　本名なの？」

「まさか、違うでしょ？　ペンネームとかじゃない？」

「え、けっこう有名な人なのかな？　でも、知らないなあ……」

百合子はプリント片手に、台所をうろうろする。

「男だったらどうしよう……！」

「待って百合ちゃん！　まだカウンセラーさんに惚れたって決まったわけじゃないんだよ！」

「でもそれ以外にあいつの浮かれ具合を説明できないよ」

「まあねえ」

ほっとくと石鹸で頭洗うような子だからなあ。

「気になるけど……」

「お母さん、気にならないの？」

「この間も、なんか悩みあるとかってほのめかしてなかったー？」

「まあ、そんな大したことじゃないし……」

「その言い方、信に似てるよねー」

うーん、あんまりいろいろ言われると、気になって眠れなくなるのだ。だから、気にしないようにしてたのに。

「カウンセラーさんは置いておくとして、誰か好きな人ができたとかあるんじゃないかなー」

それはありえるだろう。ああ、息子が大人になっていく——ってことでいいのか？

「でも、それならなおさら放っておくしかないよ」

「……それもそうか」

自分に置き換えて想像したのか、百合子はそうつぶやいた。そういう時は、構われたくないよねえ。

次の日、夕飯の支度をしていると、玄関のチャイムが鳴った。

「はいはい」

ドアを開けると、見知らぬ女の子が立っていた。信と同じ中学の制服を着ている。

「こんばんは。わたし、後藤くんのクラスメートの有海《ありうみ》といいます」

スラッとしたまぶしいくらいの美少女だった。えらい垢抜《あかぬ》けた子がいるんだなー、と思う。髪も肌も目もツヤッツヤのキラッキラだった。クラスメートというのを疑ってしまうくらい。同じ人類なの？

「後藤くんのお母さんですか？」

「あ、はい。でも、信は今いないの」

小さい頃から唯一やっている習い事というか、バドミントンクラブに行っているのだ。もうすぐ帰ってくるけど。

「いえ、忘れ物を届けに来ただけですから。これ、今日の宿題のプリントです。机の上に置きっぱなしだったから、持ってきました」

「あ、そうなの。ありがとう……」

受け取りながら情けなーい気分になる。中学生にもなって小学生みたいな忘れ物をするとはっ。しかも、女の子に届けてもらうなんて！

「じゃ、失礼します」

ペコリとお辞儀をして、帰ろうとする。

「待って！　信がじきに帰ってくるから――」

「ごめんなさい、もうすぐ塾の時間なんです。通り道だったから寄っただけなので」

笑顔でそう言い、彼女はさっと踵を返した。後ろ姿も颯爽《さっそう》としていた。エレベーターに乗る時にも、ちゃんと会釈《えしゃく》をしてくれた。

息子と同じ中学生とは思えないお嬢さんだ……。

やがて帰ってきた信に、その話をすると、

「有海？　誰だっけ？」

目が点になった。あんなにきれいな子を憶えていないなんて、信じられない！

「すごく背が高い子だったよ」

「ああー、思い出した！　背が高いのに、小夏《こなつ》って名前なんだよな、あいつ」

「あんた、ずいぶんデリカシーのないこと言ってるね。まさか、本人に向かって言ってないでしょうね？」

「言わないよ！　ちょっと……うまそうな名前だなって思っただけ」

こいつ、日向夏《ひゅうがなつ》（小夏）が大好きだったな。

「明日、ちゃんとお礼を言いなさいよ」

「わかったわかった」

「それにしても、どうしてうち知ってたのかしら？」

「あー、家の前で会ったことあったんだ。近くの塾に行ってるんだって」

「一年生から塾か……。頭いいんじゃない？」

「うん、いいと思う。よく本読んでるし」

三行で寝る信との違いの数々にめまいがしそうだ……。

「有海さんを見習いなさいよ」

「なんで!?　どうしてそんな話になるの!?」

まあ、確かにわかんないだろうな、と思う。

そんな様子を見ていると全然変わっていないな、と感じるのだが、カウンセリングのことについては口が固い。

とはいえ、

「もう来なくていいって言われた……」

とがっくりした顔をして言われた時は、とても驚いた。

「なんなの、それ！　一応悩んでるって言ったんでしょ⁉」

何に悩んでるのかは知らないが。

「うーん、まあ悩みは一応話したよ」

「解決したの？」

「俺の悩みは、そう簡単に解決しないものなの」

息子だから心配ではあるけど、そんな言動だと本当に悩んでるのかよ、とツッコミたくなる。

「たくさん相談に乗ってもらわないと解決しないもの？」

「え……うーん……そうでもないかな？」

いったいこいつは何を悩んでいるんだろうか。

「だから『来なくていい』って言われたの？」

「『来なくていい』じゃなくて、えーと、『今はそんなにできることはないんじゃない

うか。

「あっ、それはあった！　今まで誰にも言ってなかったから！　それはすっきりした！」

「……言ったことですっきりしたとか、そういうのはあったの？」

の？』って言われたのかな？」

なんかめっちゃ晴れ晴れした顔なんですけど。一応、成果はあったと見ていいんだろうか。

学校からも連絡はないし、とりあえず親が出て行かなくても大丈夫なんだろう。っていうか、そう信じるしかないよね。

まあ、息子にとって実のあるカウンセリングではあったようだし、それはそれで経験の一つになるんだろう。

それからしばらく、そんなことも忘れていたのだが、一ヶ月後にまた、

「俺、カウンセリング受ける！」

と言い出した。しかも、

「あれ、解決したんじゃないの？」

という百合子のツッコミに、

「違う悩み」

と返した。どう見ても悩みのない顔で。

ふざけんじゃないよ、相手だって忙しいだろと言いたくなったが、本当に悩んでいたら、と思うと言い出せない。

そろそろお父さんに雷を落としてもらおうかと思ったが、最近の夫は激務で、あまり負担をかけたくない。結局何もないなら、あたしがやきもきするだけでいいんだけどなあ。

また様子見か――と思っていたら、数日後、とんでもない光景を目撃してしまった。

近所のスーパーへ買い物に行ったら、あの美少女・小夏がフードコートで軽食を取っていた。これから塾なのか、傍《かたわ》らには参考書やノートも置かれている。それをチラチラながめながら、山盛りフライドポテトをつまんでいた。あんなに食べたら太りそうだけど、夕方のこんな時間、お腹すくよねえと微笑《ほほえ》ましくながめ、さて挨拶でもしようかな、と思ったら……少し離れた柱の陰に、信の姿を見つけた。

最初は「あ、いたんだ」くらいしか思わなかったのだが、視線の先に気づいて驚く。

小夏をじっと見つめているのだ。

しかもなんだか険《けわ》しい顔をしている。甘酸っぱく見つめているというより、まるで見張っているように。

……何してんの、あいつは。

そのうち、小夏がポテトを食べ終わり、テーブルを片づけて立ち上がった。塾に向かうのだろうか。

信もそれを見て立ち上がった。家に帰るのかな、と思ったら、なんと小夏のあとについていく！　えっ、何？　尾行⁉

なんのために？

なしくずしに、鈴子も二人のあとをつけるはめになる。

途中で小夏が本屋に寄ったりしていたが、そこにも信はついていった。普段あんなに落ち着きがないのに、けっこうさりげなく姿を隠して、ちゃんと（？）尾行していた。

でも、鈴子には気づかなかった。

結局、小夏が塾の入っているビルに消えるまで、信は尾行を続けた。窓際の席に姿を現すまで見届けて、家に帰ったようだった。

鈴子は今見たことが信じられず、かなり混乱していた。息子は、バカだけどいい子であると確信していたのに。絶対的に信じていたのに！

なんであんなことしてるの!!　あんな、ストーカーみたいなこと!!

道の真ん中で、叫びだしそうになった。

「あの、大丈夫ですか？」

見知らぬ女性が声をかけてくれて、自分の様子に気づく。電信柱に手をついて、今にも倒れそうになっていたのだ。

吐き気までしてきた。

「すみません、ありがとう……」

やっとお礼を言って、鈴子は家路についた。でも、家には信がいるのだ。話を聞かないと。なんであんなことしたのか、説明してもらわないと。

それでも家に帰るのを遅らせるために、牛歩《ぎゅうほ》のように進んでいたが、はたと思い至る。

今日のことだけでストーカーって決めつけるのはよくない。

たまたま何か別の用事があって、監視をしないといけないことがあったのかもしれない。今日だけのことかもしれない。

あんなしかめっ面《つら》をしてたし、少なくとも恋がらみではないのかも。いや、ストーカーも恋愛のことだけではないけれど、それ以外のことは考えたくない。

とりあえず深呼吸をして、家に帰った。

「お母さん、腹減ったよー！」

と至って普通の声が聞こえて、さっき見たことは全部嘘だったんじゃないか、と思えて、そのまま鈴子も普通に接してしまった。

そして、寝る前に反省した。すぐに言えばよかったのかもしれない。いや、いいか悪いかは、少し時間を置かないとわからないこともある。

ぶっちゃけ、どう切り出したらいいのかわからないのだ。

「あんた、ストーカーしてたでしょ！」

なんてもってのほかだし。

「有海さんを尾行してたみたいだけど、どうして？」

とさらっと言ってしまえば、案外すぐに白状するかも、と思うのだが、いざ本人を目の前にすると、声が出ない。

「あ、あ、あり……」

とか、どうしたんだよ、と自分にツッコミたいような言い方になってしまう。

「アリ？　昨日、行列見たよ？」

「……どこで？」

「校庭の隅。いってきまーす！」

あ、いつもの小学生みたいな中学生だ。とちょっと安心したけれど、二日後の夕方、また監視みたいな顔で小夏をながめている息子を見つけてしまった。

それから、何度かそんなことをくり返して、まるで鈴子が二人のストーカーのようになってしまう。

小夏は火曜日と木曜日に塾へ通っていて、いつもその前にフードコートで山盛りポテトかたこ焼きを食べる。そのあと本屋に寄って、文庫本かマンガを買う。そして塾へ行く。

それを信が見守る（ストーキングとは言いたくない）。

いいかげん言わないと！　ちょっとほんとに勘弁してよ、と鈴子はイライラしていた。

「信！　あんた、お母さんに言わなきゃならないこと、ない⁉」

ある夜、帰ってきてすぐ、特大ゼリーを食べていた息子に向かって、ついに怒鳴ってしまった。

「え？　別にないけど……」

「ほんとに、誓《ちか》ってそう言えるの？」

「な、なんなの、言えるよ……」

少し目が泳いでいた。

「お母さんが何も知らないと思ってるの？」

「え、ええっ？」

「自分から言いなさい」

その時、初めて見る顔を、信がした。

「言わない」

「えっ⁉」

今度焦るのは、鈴子の方だった。

「言わない方がいいと思うから、言わない」

「信！」

大声を出しても、信はぷいっと顔をそむけ、自分の部屋に入り、ドアを閉めた。ドアを閉めた！　初めて！　今まで一度も閉めたことなどなかったのに！　え、これって家庭の危機？　危機の前兆？　それともやっぱり、思いすごし？　何もわからなくて、鈴子は途方に暮れた。

元はと言えば、信が、

「カウンセラーを受ける！」

と言い出したのが始まりだったように思う。それまでは何も変わらなかったのに、あれから変な行動が増えたように感じる。

あたしもカウンセリングを受けてみようか、と鈴子は考えた。多分、何を信が相談したのか、わかるんじゃないのか？

さっそく電話すると、若い女性の声が聞こえてきた。もしかして、この女性に惚れたのかしら、と思ったのだが、彼女は単なる担当の先生で、カウンセラーは別にいるという。しかも男性だった。

「では、明日の放課後にお待ちしています」

「よろしくお願いします」

電話を切ってから、ちょっとドキドキしてきた。いわゆるカウンセリングなんて初めてだ。でも、医者ってわけじゃないんだよね？　話をするだけなんだよね？　要点をまとめておいた方がいいかな？

なんだかやたらとはりきってしまって、その夜はなかなか眠れない。それは、信との言い争いもあったと思うんだけど、そっちを考えると無性《むしょう》に腹が立つので、とりあえずカウンセリングのことだけに集中した。

次の日、学校へ行って、玄関脇の事務室で名乗ると、愛想のいい同年代くらいの女性が相談室に案内してくれた。

ドアをノックすると、

「どうぞー」

と中年男性の声が聞こえる。ぶたぶたなんて名前だし、どんな顔してるんだろう、と思ってドアを開ける。

「あれ？」

誰もいない。テーブルの上にはノートパソコンとぬいぐるみが置いてあった。

かわいいぶたのぬいぐるみだった。古びたピンク色をしていて、大きさはバレーボールくらい？　大きな耳の右側がそっくり返っている。突き出た鼻がまっすぐパソコンのモニターに向いている。いや、目もちゃんとある。黒いビーズのだけど。あれじゃ見えてないよねー——とか思っていたら、そのぬいぐるみがいきなりすっくと立ち上がった。

そして、

「ご足労《そくろう》いただきまして、ありがとうございます」

と言いながら（聞こえながら？）、スタスタとテーブルの上を歩いてきた！

「きゃああっ！」

異様な光景に、鈴子は悲鳴をあげる。すると、案内してくれた女性が、

「落ち着いて」

と言い、椅子に座らせてくれて、

「ぬいぐるみに見えますけど、この人がカウンセラーの山崎ぶたぶた先生です」

衝撃的な解説も加えてくれた。それじゃ落ち着けない！

えっ、でも何!?　このぬいぐるみがカウンセラー!?

「マジなの⁉」

心に収まりきらない声が出た。

「マジです」

にこにこしながら女性が言う。

「じゃあうちの息子もこのぬいぐるみと会ったんですか⁉」

「あー、後藤信くんですね。会いましたよ」

マジか！　やだもう、バカみたいなことしか頭に浮かばない！

「うちの息子はなんて言ってたんですか？」

「なんて？　お母さんへの伝言ですか？」

「いえ、あ、あなたに初めて会った時」

「ああ、『かっけー！』って言ってましたよ」

一気に力が抜けた。言いそうだな、あの子は……。

「グニグニいじくられました」

変顔をするように手（ひづめっぽい布が張られている）で顔を歪《ゆが》ませる。とても柔らかそうだ。

「すみません……」

「いえ、慣れておりますので」

慣れてるんだ……。

「お茶どうぞ」

さっきの女性が、緑茶を出して、さっさと部屋を出ていった。うわ、ちょっと心細い……。

「お茶を飲んで、一息入れてください」

「はい、いただきます……」

熱いお茶にやけどしそうになるが、無理して飲み込む。全然落ち着いてない。

ぬいぐるみは、テーブルの上にちょこんと座り、パソコンのマウスをカチカチしていた。あの柔らかそうな手先でクリックできるとはとても思えないのだが。

「大丈夫ですか？」

「はい、落ち着きました……」

こうでも言わないと話が始まらない。

「で、どうなさいました？」

まるでお医者さんのような口調だった。白衣を着ていたら――かわいいだろうな、と思う。

「ええと、あのう、息子のことなんですが」

「はい」

どう切り出そうかな、と昨日考えていて、「まずは世間話から」とかシミュレーションしたけれど、ぬいぐるみと世間話とか全然わからないので、直球で言うしかなかった。

「なんか最近、ストーカーの真似事みたいなことをしていて……」

「ええっ」

ぬいぐるみの目が、カッと見開いたように見えた。

「どういうことなんでしょう？」

それはこっちが訊きたいけど――ちょっと、なんでそんなにうろたえてるの？　いや、そう見えてるだけか。だってぬいぐるみだもん。

「近所の塾に通っている同級生のかわいい女の子がいるんですけど」

「はい」

「その子をつけ回しているとしか思えない行動をとるんです。塾の日だけなんですけど」

「ええー……」

今度はドン引きしている。えっ、すごくよくわかった！　面白い。何これ。

「本人に『何か言うことないか？』って言ったら、『言わない！』って言うんですよ。断固拒否です」

「具体的なことは言わなかったんですか？」

「つけ回してるんだろうって？　言ってないですけど、本人はわかってるみたいでしたよ」

ぬいぐるみは、鼻をぷにぷに押していた。点目を宙に向けて。明らかに何か考えているようだ。ぬいぐるみなんだけど。

「いったい信は、ここで何を相談してたんですか？」

まったく連絡が来ないから、油断をしていた。大したことないんだろうって。それは大きな間違いだったのかもしれない。

「相談というより……雑談ですね」

ぬいぐるみの点目は、ちょっと笑っているみたいに見えた。

「は？」

「最初は単なる好奇心でやってきたようです」

やっぱり……。でも、まさかそんな迷惑なことをやっているとは。

「誤解しないでください。別にそれはいいんです。そういう感じで来てもらった方が、こちらとしてもありがたいんです。気軽に話せる環境の方が、問題も発覚しやすいですし、話すだけで気分が晴れる子もいますしね」

「でも、ご迷惑じゃありません……？」

「我慢してこじらせてしまうより、ずっといいです。後藤くんがいろいろ話してくれたおかげで興味を持って来てくれた子もいましたし、軽いうちに対策が取れたこともありました」

あらら、意外。

「けっこう役に立ってるんですか？」

「もちろんですよ」

「でもそれなら、なぜあの子はストーカーみたいなことするんですか？」

「うーん……」

しばらくぬいぐるみは考えていた。腕を組んで、というか、柔らかい手を身体に巻きつけてというか。なんでそんな器用なことができるのか。

「二回目に来た時、こんな会話をしたんですよね。

『山崎先生、俺、好きな女の子ができた！』

って」

ええっ、やっぱり！　お母さんのダメージは大きい……。

「でも、すごく嘘っぽかったんです」

あれ？

「思うに、彼は彼なりに気をつかったんじゃないかと」

「……それのどこが？」

「やっぱり、悩みもないのにここに来るのは、気が引けたんじゃないですかね」

「じゃ、相談を捏造《ねつぞう》したってわけですか？　それはなぜ？」

「わかりません」

「わたしも――」

わからない、と続けようと思って、はたと思う。信は、このぬいぐるみ――ぶたぶたと会いたかったんじゃないのか。なんとか接点を作ろうと思って、むりやり相談事を作り出したのではないか。

「なんとなく息子の思考がわかったような気がします」

正しいとしても、かなりズレてはいるが。でも、信らしいとは言える。

ただ、そこまではどうにか考えを巡らすことができても、そこからストーカーへの飛躍がさっぱりわからない。

「息子と話し合います……」

「すみません、僕の方が特別問題はないと思ってしまいまして……」

「いえいえ、わたしの方こそ、すみません」

小さなぬいぐるみに向かって頭を下げる。なんだかご神体を拝《おが》んでいるようだった。

家に帰る前に、スーパーに寄る。

今日は木曜日だから、またストーキングをしているのか、と思って探したら、信はいなかった。小夏が一人でたこ焼きをうれしそうに食べている。

え、どうして？　と思ったが、思い出した。今日は義母の誕生日で、例年どおりなら訪ねていっているはずだ。ばあちゃん大好きな子だから。

あわててスマホを確認すると、義母からのメールが入っていた。

プレゼント届きました。いつもありがとう。信ちゃんからも夕方寄るってメールありました。

ということは、信はまだ好きな女の子よりばあちゃんが大切らしい。ストーキングするほど好きな子なはずなのに？

信の中の基準というのは、まったく計り知れない。

「あのう」

突然声がかかって、飛び上がる。

「後藤くんのお母さんですよね？」

振り向くと、小夏がたこ焼きの残骸《ざんがい》をトレイに載せて、立っていた。

「あっ、えっと、有海さん！」

「こんばんは」

ペコリとお辞儀をすると、さらりと長い髪が落ちる。

「こんばんは」

「今日は後藤くん、いないんですね」

そのさりげない言い方に、ちょっとの間、内容が把握できない。

「えっ⁉」

気がついて、愕然とする。

「有海さん、気がついてたの⁉」

って、あたしにも声をかけてきたってことは？

「はい」

「どうして？」

「後藤くんに言われてましたから」

「何を？」

「えーと、後藤くんの言い方をすれば、『監視する』って」

何それーっ⁉

お母さん、血圧上がって本当に倒れそうになるよ……。

塾の前なので、小夏から簡単に話を聞く。

おそらく彼女がプリントを届けてくれたあとだと思うが、

「お前、いい奴だな、好きだ！」

と信から言われたらしい。しかし、

「明らかに深い意味はないって言い方でした」

小夏は至って冷静だった。「嘘っぽい」と言ったぶたぶたを思い出す。

「あたしが思うに、女の子と友だちになりたいのが初めてって感じに見えました」

そうなのだ。あの子はいい子なのだが、割と女子から避けられる。それに、やっぱり遊ぶのは男子の方がいいという子なので、女の子で仲のいい友だちというのは、今まで特にいなかった。

「で、夕方で危ないからって、いつもああやって見張ってくれてたっていうか、監視してくれてたんです。帰りはお父さんが迎えに来てくれるので」

それがまたわからない……。友だちなら、一緒にポテトでも食べればいいじゃん！

「一緒におしゃべりしたらよかったんじゃない？」

鈴子の問いに、小夏は一瞬迷ったようだが、

「……お母さんには悪いんですけど、ちょっと、あのー、話が合わないんですよ。後藤くんと」

とはっきり言ってくれる。ああ、それはありそうなことだ……。

「ごめんなさい、あの子バカだから……」

「いえっ、そういう意味じゃなくて……あたしばっかりしゃべってて悪いなあって」

恥ずかしそうに言う。

「え、けっこう話す方だと思うけど、信は」

「なんか説教しちゃうみたいになっちゃうんです、あたし……。それで勝手に疲れちゃって。それを後藤くんに言ったら、

『じゃあ、ただ監視するだけにする』

って言ってくれて」

気づかいしているのかしていないのか、さっぱりわからない。

「なんか変だなあって思いながら、監視してもらってました」

「変なことしてごめんなさい……」

「いえっ、いやじゃなかったんです。なんだか面白かったです。次の日、普通に話すくせに、なんであんなことするのかなあって」

小夏はクスクス笑う。

「あたしもよくそう思うよ……いろいろわかんないことするなあって」

「そうなんですか？」

たとえば、最初のカウンセリングに、どんな話をしたのかなあ、とか。

義母の家から帰ってきた信をとっ捕まえる。

「聞いたよ。山崎先生からも、有海さんからも」

「ええっ!?」

信は驚いていたが、それ以上の抵抗はしなかった。

「あんたが有海さんにストーカーしてたのも知ってる」

「ストーカーじゃないよ、監視。見張り！」

「なんでそれ知ってんの？」と言える子じゃなくてよかった。

「あんたが『好きな子ができた』って嘘ついて山崎先生のカウンセリング受けたのも聞

いた」

「嘘じゃないよ！　本当にあいつ、いい奴だから！　好きな女の子できたら、相談した方がいいかなって思ったんだ」

本人には至って真っ当なことらしい。嘘じゃないんだな。「好き」って言葉の使い方の問題か。迷惑というか、めんどくさい奴だ。これから苦労しなければいいが。

小夏がまったく意識していないのが幸いだった。これからもいい友だちでいてくれ、説教してもいいから、と土下座する勢いでさっき言っておいた。

「で、まだ聞いてないことあるよ」

「何？　もう何もないよ」

ぶたぶたに問いただすのを忘れたこと、とも言える。

「最初のカウンセリングで、何を相談したの？」

「え……なんでもいいじゃん」

ちょっと態度が硬化した。

「どうして？　ここまでバレたんだから、言っちゃいなよ」

「なんで？　秘密の一つくらい、俺持ちたいよ。山崎先生のことも、本当は内緒にしたかったのに」

なんかかっこよく聞こえること言ってるな、と思うが、お母さんはもう疲れた。もうちょっとうまく隠せるようになるまで、あるいはもっと人に気をつかえるようになるまで、秘密は許しません。

「言わないと、ガンプラを一個壊す」

「わかったわかった、言うよ！」

あっさり陥落《かんらく》。

「えーと……将来のことだよ」

「あら。真面目なことだね」

「当たり前だよ。俺はいつも真面目だよ」

「具体的にはどんなこと？」

「えーと、頭のことね」

「勉強のこと？　成績のこと？　進学のこと？」

「違う違う、頭のこと」

本人は至って大真面目な態度なのだが、

「……まさか」

「じいちゃんもお父さんもハゲだから、俺もそうなるのかなって思って、山崎先生に相談したの」

鈴子は座っていたソファーに突っ伏してしまう。ああ、この子はやっぱり……色気づいたから、姉のシャンプーを使ったのではなかったのか。

「あっ、別にハゲてもいいんだよ！　お父さんもじいちゃんもかっこいいよ。でも、多少の抵抗はしたいと思って」

「先生は、それ訊いてなんて答えたの？」

「『ストレスをためない方がいいみたいだよ』って言ってた」

真っ当な意見だ。

「あと、肉ばっかり食べないで野菜食べろとか、シャンプーに気をつかった方がいいとか」

「……あんた、お姉ちゃんのシャンプー使った？」

「うん。今も使ってる」

百合子の怒り狂う顔が見えるようだ。

「使うんなら、もっと頭皮に刺激少ないのにしなさい。今度買ってくるから」

「ほんとっ⁉」

うれしそうな顔するなあ。やっぱり気にしていたんだ。

「でも気をつかいすぎるとストレスがたまるから、あんまり気にしないようにって」

そうだよね……。あたしもそれくらいしか思いつかなかった。あたしも実は気にしてた。この子の髪の毛のことを。そしてもちろん、おバカなことも。

それがほぼ唯一の悩みだなんて、この子はやっぱりあたしの息子で……あたしも相当バカなのかしら、とちょっと落ち込んだ。

エピローグ

終業式が終わった次の日、美佐子は少し感傷的になっていた。

ぶたぶたのカウンセリングは今日で終わりなのだ。

思ったよりもたくさん、ぶたぶたにはカウンセリングをしてもらった。生徒はもちろん、保護者や先生たちにも。なんとなく噂が流れて、興味本位で来る生徒もいたが、結果的には実のある面談になったし。

何より、ぶたぶたと会ったあとは笑顔になる人が多かった。一気に解決とはいかないまでも、道が見えてホッと息がつける時間を提供できたことは、美佐子にとってもうれしい経験だった。

美佐子自身も、折に触れて相談に乗ってもらったように思う。主に仕事に関することだが、ただ話すだけでも、気持ちが楽になれた。おいしいものやいい本もたくさん教えてもらった。

次に何を山崎先生と話そう、といつも思っていた。

来年度からは、それがなくなるか、と思うとちょっと悲しい。学校がいい雰囲気になっているから、それをなんとか崩さないようにしないと、と美佐子は思っていた。でも、彼のように——寝る時に抱きしめるぬいぐるみみたいに、人に寄り添うことは難しい。


「伊豆先生」

呼ばれて振り向くと、ぶたぶたが立っていた。後ろには希恵もいる。

「一緒におやつ食べませんか？」

ああ、これがきっと最後のおやつ……。美佐子はちょっと泣きそうになる。

「中庭の桜の木は大きくて、とても見事だって、校長先生の言ったとおりでしたね」

古いソメイヨシノの大木は満開の花を咲かせている。卒業式の日、生徒たちはここで記念撮影をしていた。

ぶたぶたはベンチに和菓子屋の包みを置いた。

「今日のおやつは、校長先生にいただきました」

包みを開けると、桜餅と草餅が並んでいる。

「春ねえ」

と水筒からお茶を注《つ》ぎながら、希恵が言う。

三人でベンチに座って桜餅と草餅を食べた。桜のいい香りがふんわりと口の中に広がる。別に一年中食べてもいいはずなんだけど、桜餅ってこの時期に食べないと物足りないのはどうしてなんだろう。

草餅には、ほんの少しよもぎの繊維《せんい》が残っていて、その渋《しぶ》みがいいアクセントになっていた。甘めのあんこによく合う。

「校長先生、伊豆先生のことほめてましたよ」

ぶたぶたが言う。

「えっ、聞いてませんけど！」

お茶を吹き出しそうになる。

「自分の見込みが当たったたって。きっとあとで言うと思いますけど」

「いや……まかせてくれたおかげです……」

いまだ向き不向きというのはあると思うけれども、自信というのは続けてこそつくものなんだな、とは実感している。

「山崎先生がいたから、やってこれたんだし」

この人と会えるからこそやってきたとも言えた。一人だったら我慢できただろうか。

「ほんとよねえ、あたしまで助けてもらって」

希恵がしみじみ言った。彼女は、中途半端な解決になった娘さんのいじめの件を、ぶたぶたに相談していた。娘さんにも会ったという。ただし面談ではなく、希恵の家族とカラオケに行っただけだそうだが。

いいなあ、カラオケ。あたしも行きたかったー！　美佐子がそう言って騒いだと希恵から娘さんに伝えたら、

「あたしにも自慢できることってあるんだね！」

とうれしそうに言っていたという。

ぶたぶたに接することで、少しずつこわばったところがほぐれていく。腕のいいマッサージ師も真っ青だ。

「教頭先生には、結局会わなかったんですね？」

「そうなんだけど、それに関してはあちらも意地になって会わない、みたいになったみ

たいですよ」

　ぶたぶたはそう言って笑った。

「なんですか、それ」

「電話では何度も話してるんですけどね」

　意外なことを聞いた。

「まったくの没交渉かと思いました」

「いや、けっこうかかってきて、長い時間話し込むこともありました」

　声だけでもぶたぶたには癒しの効果があるのか？　確かにいい声なのだ。渋いおじさんの声。教頭先生は、その声にどんな人物を見ていたんだろう。

「でも、『お疲れさまでした』って言ってくれましたよ」

「そんなこと、うちらには言ってくれませんよ！　ねえ、伊豆先生？」

　美佐子もうんうんとうなずく。姿も見せずに教頭にそんなこと言わせるとは――ぶたぶた恐るべし！

「でも、別に変わったところはないですよね、教頭先生」

「そうですね――」

と答えて、はたと思う。

意地でも会わないって、教頭はもしかして、恥ずかしかったのかな、と。確かめようもないけど。

でも、そう考えるとなんだか楽しくなってくる。何も変わらないものなんて、ないのかも。自分も少しは成長したと思っていいのかもしれない。

「ところで、ぶたぶた先生、これから別の学校に行くの？」

希恵の質問にハッとする。

「まだ予定決まってないんです」

「そうなんですか？　校長先生に頼んでみようかしら？」

「これぱっかりはどうなるかわからないんですよ、すみません」

「無理しないでくださいね」

ぶたぶたは、たくさん働いていた。ぬいぐるみだから疲れないわけじゃないと思う。休める時に休んでほしい。

自分たちの支えになっていてほしい、というのが勝手な願いであることは承知だ。でも、人間はみんな勝手なことばかりを考えている。だから、ぶたぶたのようなカウンセラーが必要になる。

それは、一人で解決しなくてもいいって思わせてくれる存在だ。

あ、思い出した。

「ぶたぶたさん、写メ撮らせてください！」

美佐子の頼みに、ぶたぶたの点目がさらにきょとんとする。

「いいですよ。どこで？　桜をバックにする？」

「いいえ、顔のどアップが撮りたいんです」

「どアップ⁉」

ぶたぶたはちょっとびっくりしたようだが、

「いいよ」

と言ってくれた。

正確には顔というより二つの点目のアップだった。元野先生の安眠方法を真似しているうちに、写真が欲しくなったのだ。

ぶたぶたの顔にスマホを近づけて撮ろうとしたら、目と目の間に桜の花びらが落ちた。

「すてき」

美佐子はシャッターを切る。

「こんなんでいいの？」

ぶたぶたは戸惑い気味だったが、美佐子は満足だった。これできっとよく眠れる。

明日からもがんばれそうだった。

あとがき

お読みいただきありがとうございます。

二十一作目のぶたぶたです。

今回は学校が舞台です。

学校でのぶたぶた、と考えた時、そりゃまずは「先生」というのが浮かぶでしょうが、今回の中学校では「スクールカウンセラー」として活躍してもらいました。期待した方、ごめんなさい……。まだまだいろいろな学校がありますので、教師や講師のぶたぶたはまたいつかの機会に——。

私が子供の頃は、スクールカウンセラーという制度はありませんでした。

当時あったら利用していたかな、と考えましたが、うーん、どうなんだろう。この制度が作られた背景があってこそなわけだし、そうじゃなかった時代にポコンとカウンセラーさんだけを置いてもなあ。

当時はもっとこういう心理的な治療や相談がタブー視されていたというか、偏見に満ちたものだったのでね……。小学校の低学年の頃には、まだ「ロボトミー」などという治療もあったりして。なんだかわからないけど「怖い」という印象もありました。それは、大人も「怖い」という気持ちを持っていたからなんでしょうね。

カウンセリングというほどでなく、気軽に相談できる場所があったとしても、多分利用していないなあ、私は。今から考えると、大人と会話するのって苦手だったのですよね。ぼんやりした子ではあったんですが、相手が私を相手にしてイライラしていたりするのはわかったというか。

まあ、単に大人としゃべってもつまらなかったからかもしれません。大人が子供と話すのには、コツがいるよね。そういうスキルを持っている人が、今は子供のケアに当たっているのでしょう。

ぶたぶたのカウンセリングは、本人がとても特殊な人なので、そういうプロのセオリーからするといけないこともやっているかと思うのです。でもそれは、あくまでもぶたぶたのやり方であると認識していただければ幸いです。

私もよく思うのですよね、「ぶたぶたに相談したい」って。思いがけない言葉で別の視点を示してくれるような気がする。それは多分、ぬいぐるみだから、人間じゃないから、というだけでなく、「ぶたぶたが言ってくれるから」という気持ちがあるからなのではないかな。

――って、私は作者だったな……。

いつもながらすてきな表紙を描いてくださった手塚《てづか》リサさん、ありがとうございました。ラフを見た時、「うわっ、見られてる！」と言ってしまった。書店でたくさんの人を視線で射抜いてくれるとうれしい。

それからスクールカウンセラーについていろいろお話聞かせてくださったHさんもありがとうございました。

他にもたくさんの方にお世話になりました。お礼申し上げます。

最後にお弁当について。

中学は給食、という地域が今は多いのではないかと思います（私も給食でした）が、今回はあえてお弁当にしました。ぶたぶたに作ってほしかったので。

お弁当に特化したぶたぶたっていうのも書きたいと思っているのですが……さて、いつまとまるのか。

うーむ、ネタはたくさん浮かぶのですけど、形にするのは難しい、と何年も書いているけどいまだに思います。

がんばります。

光文社文庫

文庫書下ろし
学校《がっこう》のぶたぶた
著者　矢《や》崎《ざき》存《あり》美《み》

2015年7月20日　初版1刷発行

発行者　鈴木広和
印刷　萩原印刷
製本　ナショナル製本

発行所　株式会社　光文社
〒112-8011　東京都文京区音羽1-16-6
電話（03）5395-8149　編集部
8116　書籍販売部
8125　業務部

ISBN978-4-334-76932-1　Printed in Japan

組版　萩原印刷

お願い　光文社文庫をお読みになって、いかがでございましたか。「読後の感想」を編集部あてに、ぜひお送りください。

このほか光文社文庫では、どんな本をお読みになりましたか。これから、どういう本をご希望ですか。

どの本も、誤植がないようつとめていますが、もしお気づきの点がございましたら、お教えください。ご職業、ご年齢などもお書きそえいただければ幸いです。当社の規定により本来の目的以外に使用せず、大切に扱わせていただきます。

光文社文庫編集部